物語に一切関係ないタイプの
強キャラに
転生しました
Reincarnated as a type of Kyouchara
that has nothing to do with the story
音々
イラスト
Genyaky

ルクス
大好きなゲームの世界に
転生しただけの社畜

タナトス
ゲーム内ではフレーバーとして
しか存在していなかった少女
リヴィア
ボスキャラとして倒される
筈だった悪龍の片割れ

セブン
ゲームの主人公が所属
している組織のリーダー
「美味しいわね……」
「えっと、それで。何の話をしていたんだっけ？」
「新しい話題にして欲しいような話題を話してた」
「つまり仕事の話題ね」
「出来れば違う話題にして欲しいのだが……」

「……何でお前達は部屋の中で水着になっているんだ？」
「これからお兄さんと一緒に風呂に入るからよ」
「何故に！」

「そりゃあ、まあ？
感謝の気持ちを込めて？」
「精一杯ぃ、サービスして上げますねー♡」

CONTENTS

プロローグ 003

1 物語が始まっても蚊帳の外 006

2 世界観を守る事の難しさ 048

幕間《まくあい》 エナジー補給 096

3 混乱の中にある行間を読もうとする者 124

4 話を聞かない人、楽しむヒト 179

5 クライマックス、盛大に何も始まらない 211

エピローグ 232

あとがき 244

illustration by Genyaky / design by AFTERGLOW

物語に一切関係ないタイプの強キャラに転生しました

音々

角川スニーカー文庫

24014

本文・口絵イラスト／Genyaky
本文・口絵デザイン／AFTERGLOW

プロローグ

ゲームが好きだった。

青春の大半をゲームに費やしてきた俺だったが、その中でも特に大好きなゲームは『ネオンライト』だ。

ロールプレイングゲームで世界観は現代技術が入り混じったファンタジー世界。

どことなく古臭い、良いように表現すると伝統的なゲーム作り。

やり込み要素も多く、メインストーリーも面白かったしキャラクターも魅力的だった。

そんなゲーム、『ネオンライト』に一生分の情熱を費やしてきたと言っても過言ではないだろう。

『悪龍《あくりゅう》たる私に歯向かおうとするその無謀さ、腹立たしいけど付き合って上げる』

大好きなキャラクター達。

何度も周回して同じシーンを見続けて来たけど未《いま》だに全然飽きない。

今はちょうど第一ステージボス、リヴィアとの戦闘シーン。鎧《よろい》を身に纏《まと》っている亜麻色の髪の少年、主人公のケビンは聖剣を手に今まさに戦おうというタイミングだった、が。

「……流石《さすが》に休むか」

俺はひとまずゲームを小休止。
電源を落としてからぐっと伸びをし、それから水分補給をするためにキッチンへと赴く事にする。

「……」

部屋には同人イベントの企業ブースで販売していたグッズ、例えば壁紙とかフィギュアとかが大切に置かれている。
本棚には設定資料集や画集などもあり——逆説的にそれほどのグッズを販売されるのは『ネオンライト』が人気ゲームである事の証左だと思う。

大好きなゲームによって染められたマイルーム。

ゲーマーらしい部屋だろう。

俺はちらり、と壁に貼られたゲームに登場する二人の美少女、リヴィアとタナトスが笑みを浮かべている壁紙を見。


「……腹、減ったなぁ」


行き先を変更。

何か摘まめるものを購入するために家を出る事にする。

……そして、部屋に置かれている『ネオンライト』のグッズと、ついでにパソコンの処理を友人に頼んでいなかった事を来世で後悔する事になるのだった。

1　物語が始まっても蚊帳の外

1

キラキラとネオン輝くネオンシティの中でも、ひと際輝いて見えるコンサートホール。

今から数時間前まではアイドルのライブが行われ沢山のファン達がそのパフォーマンスに酔いしれ、熱狂していたその場所には、いまや人の気配がまるでなく真っ暗な闇に呑《の》まれていた。

そして一人の少年がゆっくりと闇の中を歩いていた。

……亜麻色の短髪に緑色の瞳をした瘦軀《そうく》の少年。

その場の雰囲気に合わない豪華な騎士衣装を着こんでいるその少年の手には一本の剣が握られていた。

暗闇の中で白銀に輝くそれは、その場所がコンサートホールである事も相まって、まるでアイドルのライブでファン達が振るサイリウムライトのようでもあるが、しかしそれはそのようなアイドルを応援する代物でもなんでもなく、むしろ。

そのアイドルを殺害するための代物なのだ。


——少年はその場所に辿《たど》り着く。

アイドルが数時間前に踊り、歌っていたその舞台の中央には、一人の少女が目を閉じて立っていた。

アイドルらしい可愛《かわい》らしくキラキラとした衣装を身に纏った少女。

……真っ暗闇の中、その少女の白髪はまるで輝いているように見える——いや。

実際に、輝いている。

キラキラと青白い粒子を漂わせ、その髪は幻想的な輝きを見せていた。

目を奪われその場に立ち尽くしそうになった少年は、しかしすぐに頭《かぶり》を振っていつの間にか頭の中に浮かんでいた『靄《もや》』を振り払い、そしてその手に握られていた剣を少女に向ける。

命を奪う、その覚悟を示す。

対してその少女はゆっくりと眼《め》――星霜の輝きを宿す青い瞳――を開きじっと現れた少年を見る。

つまらないものを見るように、ただ、じっと。

己の命を奪わんとする白銀の輝きが向けられているというのにもかかわらず、少女の関心はそこにはなかった。

ただ一言、告げる。


「悪龍たる私に歯向かおうとするその無謀さ、腹立たしいけど付き合って上げる」


轟《ごう》、と。

漆黒の光が少女を中心に渦巻き始める。

その手にはいつしか青黒い輝きを秘めた光剣が握られ、それをすっと振るった少女はそのまま退屈そうな表情のまま、大地を蹴る。

風の如き勢いで、少年に肉薄する。

「光の速さで、殺して上げるわ」

2

――そして、二人が戦うその姿を近くにあるカメラはしっかりと捉えていた。

あるいはその戦闘がそこで行われる事はまるで数十年前から知っていたかのようにその場所に設置されていたそのカメラ。

その映像を無表情のままじっと見据える男が一人。

「リヴァイアサンの片割れとケビンが接敵、戦闘を開始しました」

その場所は無数の配線が縦横無尽に張り巡らされている場所だった。

あちらこちらからやって来る無数の配線はただ一つの場所を目指していて、その様はまるで蜘蛛《くも》の巣のようだった。

そしてその蜘蛛の巣の中央に座するのは、一台のテレビだった。

いや、それは確かにブラウン管のテレビのように見えるが、しかしそれはあくまで映像を映し出す為《ため》だけの装置でしかない。

あるいは、そう。

それは、女王の言の葉を臣民に伝える為に設置された代物であると、そのように表現出来るかもしれない。

ただ、その表現も些《いささ》か正確ではない。

より正確に表現するのならば――そのブラウン管のテレビのように見える「それ」こそが『女王』である。

それが最も正しい表現かもしれない。


テレビ画面にはデフォルメされた、言い方を変えるのならば無機質で機械的なそのウサギの真っ赤な瞳はぎょろりと動き、テレビの前で立ち尽くす男に焦点を合わせるのだった。

「我が女王、グリム様」

無表情の男は、その言葉に少しの怒りを含ませながら進言する。

「あの男、我らが敵……ケビンは極めて危険な存在です。あのような悪龍を用いずに、もっと大規模に戦力を投入し、確実に屠《ほふ》るべきです」

『残念だけど、それは無意味だわ』

テレビのスピーカーから少女の歌うような声が聞こえてくる。

『定数たる貴方《あなた》達が何をしようとも、あの変数の振る舞いは止められない。この【物語】はいずれ私とあれがこの場で戦う結末へと行き着く事になる——その場合、私は二つのうちいずれかの未来を手に入れる事となる。即《すなわ》ち、あの男に完膚なきまでに滅ぼされるか、あるいは変数としてのヴィジョンを獲得する事となるか』

「……その為に、貴方はどれ程の犠牲を出すおつもりですか？」

苦々しく言う男の問いに、少女の声は続ける。

『貴方の苦渋は理解出来るわ、ルイン。だけど、貴方の出番は今ではない。いずれ貴方はあの変数と相対する事となるでしょう。だけど少なくともそれは今ではないのよ』

「いずれあの男と戦う事となるのなら、それは遅いか早いかの近いでしかないのではないでしょうか？」

『私が描いた【物語】は結局二通りの可能性に帰結する。ならば出来るだけ理想的な終わり方になった方が良いでしょう？』

つまるところ、と女王は言う。

『あの変数が果たしてこの【物語】に対してどのような変化をもたらすのか楽しみだ――ん？』

と、そこで。

テレビの画面にノイズが走る。

そして次にそこに表示されていたのは――破壊された工場。

それは良い。

何故《なぜ》ならそれもまた女王が想定している可能性の一つだったからだ。

そこで、一つの生命が失われ【物語】のページが粛々と進む事になる。

だからこそ、だ。


『……【物語】に乱れが生じている？』

「それは──我が女王？」


スピーカーから次に流れたのは、笑い。

楽しそうに笑う女王は、とても面白そうに言う。

『ふふっ、面白いわ。私が規定し書き記したこの【物語】、あの変数ですら私が用意したものだというのに、このタイミングになってこれらすべてを狂わせる『何か』が現れたというの……！』

3

穏やかな日常の裏では能力バトルが行われている。

多分、誰もが一度は想像した事がある荒唐無稽な妄想だろう。

絶対、学校に突然テロリストがやってくる事と同じくらい妄想されていると思う。

そして悲しい事にこの世界では本当に裏社会では悪の組織が悪巧みをしている訳だが、生憎《あいにく》と俺にはあまり関係のない話である。

何故なら――

「す、すみません。今回は完全に私の確認ミスです……」

へこへこと頭を下げ謝罪する。

対し、太っちょな上司は俺の事など見向きもせず、退屈そうに頬杖《ほおづえ》をついて欠伸《あくび》をした。

「ルクス君さぁ、こういう間違いをするの何回目だよ。俺は優しいから大目に見ているけど、他の会社じゃすぐクビを切られるよ？」

ちなみに確認ミスというのは休憩から帰ってこないこの上司に無断で仕事の話を進め、そして仕事を終わらせてきたという事である。

恙《つつが》なく話が進んだのならそれで良いじゃんと思うが、しかしそれはこの人的には不味《まず》かったらしい。

会社に利があったのは結果論だし、まあ、怒られるのは理解出来る。

でもこっちだって上司に何度も連絡を取ろうとしていたし、そして最後まで俺の話を聞こうとしなかったのは上司なのである。

ずっとどこかで油を売っていた上司にも問題がある——なんて。

そんな事を本当に言ったらそれこそクビが飛びそうだが。

「はぁ」

溜息《ためいき》も出る。

折角《せっかく》あの大好きなゲームの世界に転生したというのに、その原作に関わるというお決まりを経験する事が出来ないどころか、今、俺がやっている事はと言えば社畜として上司に怒られる事だけなのだから。

オリジナルの和製ＲＰＧ『ネオンライト』の舞台、ネオンシティ。

『ネオンライト』というのは操作性とストーリーラインは極めて王道、そしてＳＦ寄りのファンタジー世界を舞台としたゲームである。

主人公、ケビンを操作しこの広い世界を楽しんだ訳だが。

俺は今、まさにその都市にいた。

とはいえ俺はただその物語の舞台にいるというだけであり、原作とはまるでほど遠い位置にいる。

原作知識を持つ転生者だというのにストーリーに登場しなかったモブキャラに転生しているし、それどころか主人公達と縁を持つ事すら出来ていない。

だからそう、俺はただ原作の舞台にいるだけなのだ。

現状ストーリーを間近で見る事も出来ていなければ、主要キャラクターと話したりする事も出来ていない。

本当に、悲しい。

ゲームの世界に転生したってんなら、是非とも物語を肌で感じたかった！

勿論《もちろん》主要人物とも話してみたかった！

悲しいけど、しかし悲しんでばかりでは生きていけない。

その結果、社畜になって日々死ぬほど労働しまくっているというのも本当に嫌な話だが、しかしお金がなければ世の中、生きていけないのだ。

尚且《なおか》つ、確かに物語をこの目で実際に目撃したいというのもあるが、とはいえそれで大好きなストーリーを改変されてしまう可能性を考えると、むしろ今の状況が一番良いのかもしれない。

実際、テレビを点《つ》ければ主要人物というか敵キャラを見る事が出来る訳だし。

勿論当然のように画面越しなのですが。

本当、ツライ話である。


とはいえ、このクソみたいな労働環境でずっと働いていたら、いずれ俺は本当に死んでしまうかもしれない。

電車が突っ込んでくる線路にホームからフラフラとダイブしたりとか、そういう可能性だって普通にあるのだ。

週休二日はぎりぎり守られているが、それでもブラックなのには変わりない。

なので俺はお金を稼いで多少の期間ニートになっても大丈夫なくらいに貯《たくわ》えを作り、それから仕事を辞めようと考えていた。

その為《ため》には今、普通に働いているだけでは足りないのでこっそり休日にアルバイトをしているのだ。

ちなみに、見つかったらかなり高確率で仕事を辞めさせられる。

それならそれで良いいんじゃね？

……そんな風に思ってしまう程度には今の仕事が辛いのだが、それはさておき。


「……」


今、俺がやっている仕事はとある工場の警備だ。

ちなみに原作で登場する重要な施設とかそんな事は一切なく、普通に普通な良く分からない代物を作っている一般的な工場である。

何が作られているのかに関しては興味ないし、もし仮にそこで変なものを知ってしまった場合は……

一応、この世界には悪の組織に該当する存在がある。

【十三階段】。

ネオンシティを掌握し、表の世界をも支配せんとする巨大な存在であり、そしてそれに対して主人公達はレジスタンスとして今も抵抗している事だろう。

こうしてアルバイトしている間だって、もしかしたら主人公はボスキャラと戦っているのかもしれない。

テレビを点けたりパソコンの電源を入れたりすれば、最初のボスキャラである『リヴィア』は今も生きている事は確認出来る。

彼女はアイドルであり、最近ライブを大成功させたらしいし。

主人公に倒される存在だが、『ネオンライト』の主題歌、オープニングを『双子の片割れ』と共に歌っていた。

いやまあ、より正確に言うのならば歌ったのは中の人なんだろうけど、とても上手で俺も何度もリピートするくらいには好きだった。

この世界でも大人気トップアイドルだし、音楽アプリのダウンロードランキングに常に載っている気がする。

そんな彼女を倒し、この世から抹消してしまう主人公というのもなかなかに罪深いが、しかし世界の平和という大義の為には致し方がない犠牲なのかもしれない（適当）。

実際、悪龍《あくりゅう》たる『リヴィア』は誘惑の魔術を用いて人々を魅了する。

存在としてはサキュバスに近い彼女は、だからライブとかでもファンから生気をたっぷりと吸収しているらしく、死亡者は出ていないもののネットでは彼女のライブはかなり疲れると話題になっていた。

まあ、俺はライブになんて一度も行った事はないし、今後も行く事はないだろう。

そもそもトップアイドルの彼女のライブのチケットは数万円を出しても買えないだろうし、それ以前に俺には仕事があるのでライブに行けない。

悲しいなぁ……。


それにしても、暇だ。

警備の仕事だが、そもそも工場に襲撃を仕掛けてくる奴《やつ》なんている筈《はず》もない。

……いや待てよ。

こうして警備の仕事があるって事は、逆に考えると襲撃を想定するような何かがある、って事？

え、それってかなり不味くね？

原作知識を持ってはいるが、とはいえ普通の人間である俺はそれをすべて丸々覚えている訳ではないし、そもそもすべての知識——例えばゲーム雑誌でこそっと明かされた情報とか——を網羅している訳でもないし。

うーん、結構時給が良かったからこのアルバイトに就いた訳だけど、そうなるとやはりすぐに辞めた方が良いのか？

俺の目的は仕事ではなくあくまでお金を稼ぐ事。

手段はどうでも良いし、この仕事に頓着はしていない。

だから——

ドッッッツ！！！！！！！！！

「……」

と、そんな事を考えていたら。

工場の奥から、何やら爆発音が聞こえて来たのだった。

明らかに事故によるものではなく何者かによって人為的に引き起こされた雰囲気があり、実際俺と一緒に工場の入り口付近で警備員をしていた者は厳しい顔をして「行くぞ！」と爆発音のした方へと走って行った。

え、っと。

これってもしかしなくても俺が行かなくてはならない奴っすかね？

正直逃げ出したかったが、しかし逃げたら逃げたで問題なので、適当なところでお茶を濁そうと思いつつ俺もまた爆発のした方向へと走っていく事にした。

すると、何やら道中で明らかに物理的にぶん殴られて卒倒したであろう警備員達が倒れているわ倒れているわ。

まるで何か巨大な暴力組織に襲われたような感じになっている。

いや、「まるで」でもなく「感じ」でもないのかもしれない。

実際、目の前に完全武装の屈強な男が立っていて、俺の事を見るなり手に持った警棒を振りかぶって襲い掛かって来たのだから。

流石《さすが》にそのままぶん殴られる訳にもいかないので、俺はその一撃をすっと避けつつそのわき腹に拳を叩《たた》きこむ事にする。

男が吹き飛ばされ地面の上に転がったところで、警備員として装備させられた警棒（電流が流れているタイプ）を押し付け昏倒《こんとう》させる。

ひとまず、これで一難去ったか？


「仲間がやられたぞ！」

「一斉に襲い掛かれっ、奴は強敵だ！」


また一難来たと言わんばかりに、道の向こう側から次々と武装した集団が現れる。

しかし先ほどの猪突猛進《ちょとつもうしん》な男と違い、いや、その男を俺が倒したからだろうけど、すぐに襲い掛かっては来ないでじりじりと距離を詰めてくる。

左右を見ても味方である警備員はいない。

正直に言えばこの工場があの武装集団によって破壊されたとしても俺としては報酬が支

払われるのならばそれで問題ないので、ここで適当に逃げ出したとしても問題ないと思っている。

とはいえ、その逃走が原因で給料が支払われない可能性も否定出来ないし、というかむしろここで撃退した結果褒償が上乗せされる可能性を考えるとここは戦っておく方がお得なような気がしてきた。


それならばと俺は警棒を構え直し、しかし目の前の連中相手にこれ一本で戦うのは流石に無謀だと思い直す。

それならば――俺は、魔力を解放して一本の剣を形成する。

魔法剣。

やや大きめで大剣とも呼べるかもしれないサイズのそれは、ところどころに亀裂が走り如何《いか》にもボロボロ。

漆黒の刀身はどちらかと言うと石を強引に剣の形に削り出したかのような感じで、剣と言うよりも鈍器と表現する方が正しいかもしれなかった。

そんな魔法剣を取り出した俺を見、武装集団の間に一瞬の警戒が走る。

逃げ出す様子はない、あくまで俺を排除する事しか考えていないらしい。

ならば、と俺は魔法剣を構え、そして言う。

「距離を『分かつ』」

――刹那。

一瞬にして目の前で俺に襲い掛かろうとしていた武装集団の姿が、その場から掻《か》き消える。

別に、彼等《ら》を抹消した訳ではない。

俺が唯一扱える――魔法剣を魔法のカテゴリに含めるのならば二つか――魔法、【切断】。

それは、俺が『斬れる』と判断したものを文字通り『斬る』事が出来る魔法。

それにより、武装集団の背後にあった適当な建物との距離を『斬り』、空間転移の真似《まね》事《ごと》をした。

今は多分、街中にいきなり武装集団が現れたという事で大変な騒ぎになっているかもしれないが、俺の仕事はあくまでこの工場の警備。

その他の事は考えないようにするとしよう。

さて、そんな訳で続きをしよう。

まさか武装集団があれだけという訳ではないだろうし、給料アップの為《ため》に頑張っておこう。

そう思った俺はそのまま魔法剣を持った状態で工場内を移動し始める。

奥へ奥へと、あの武装集団がいそうな場所へと向かって。

そしてなんだか工場内だというのに薄暗くなってきたような……これやっぱり引き返した方が良いのではと思い始めた、まさにその時だった。

――俺は、一つの水槽を目撃した。

「……」

水槽、と表現したが。

それは円柱の形で中はなみなみと青白い液体で満たされていて、下から時折こぽこぽと気泡が吐き出されては上に上がっていた。

そして、その内側。

そこには、一人の少女が目を瞑《つぶ》って漂っていた。

ゆらゆらと白銀の髪を揺らしている少女。
美しい見た目の少女を、俺は何度もネットニュースで見た事があった。
いや、目の前の少女の肉体には肉がほとんど付いておらず『ほっそり』としていて、あまり健康的と言えない。

彼女は、『リヴィア』にとてもよく似ていた。
しかし『リヴィア』がこんなところにいる訳もなく、それゆえ彼女が何者なのかは原作知識があるが故に分かってしまった。

それはつまり、どういう事かというと。

「いたぞ！」


と、そこでタイミングを見計らったかのようなタイミングで警備員がやって来る。

俺に向かって拳銃を向け……え、なんで俺に拳銃を向けているんだ？

もしかしなくても、俺がさっきの武装集団の仲間であると、そのように思われている？

誤解を解こうかと思ったが、しかし問答無用と言わんばかりにじりじりと距離を詰めてくる。

これは、うーん……


ちらり、と水槽を改めて見る。

『ネオンライト』第一ボス『リヴィア』そっくりの少女。

俺はその正体を知っている。

そしてその末路も。

……彼女が物語の本筋とは関係ないとしても、それでもここで失われる命であるという事を、俺は知っている。

だから、という訳ではないが。

「……距離を『分かつ』」

俺と、その少女。

『リヴィア』の家族、『タナトス』を連れて。

先ほど武装集団に対して行ったように距離を『斬る』事によって、俺はその場から逃げ出すのだった。

4

無数の稲妻が宙を走る。

リヴィアが操るのは無数の青白く光り輝く飛行物体。

タクトのように剣を振るい、操るそれらから吐き出される光線。

それをすべて避け続けるケビンはそのままの勢いでリヴィアへと突き進み、その肉体に剣を叩きこむ。

「……ッ」


切断は、されない。

衣装もバラバラにはならない。

それでもその肉体に致命的なダメージを与えたケビンはそのまま第二撃を放つべく返す刀で剣を振るった。

――聖剣。

魔に属する存在に対して致命的な傷を負わす事の出来る特別な魔法剣。


「このっ、不愉快よ！」


しかし、悪龍《あくりゅう》はそこであっさりと倒されたりはしない。

飛び交う飛行物体の一つが剣のような形へと姿を変え、ケビンの脇腹を狙う。

それを咄嗟《とっさ》に避けたケビンだったが、それにより距離を取ってしまい剣の範囲内からリヴィアが外れてしまう。

状況が振り出しに戻った、しかしそれでもリヴィアの肉体に蓄積されたダメージは消えない。

フラフラと身体を揺らす彼女は、しかし歯を食いしばりケビンを睨《にら》みつける。

「く、ぅ……こんなところで……、私はあの子を見つけるまでは……、っ？」

と、そこで。

まさに今までケビンに対して敵意をむき出しにしていた彼女は、そこで突然違う場所に意識を向ける。

まるでケビンに興味をなくしてしまったかのように突然警戒心を投げ出した彼女の姿に、むしろ警戒心を抱いたケビンは剣を握りしめつつも彼女の動作を見守る。

「まさか……」

そのように呟《つぶや》いたリヴィアはちらりとケビンの方を見、そしてどこか焦ったような口調で言う。

「あんたの相手をしている暇はなくなったわ……というか、もう二度とあんたの相手なんかしないわよ、聖剣の騎士」

と、そう吐き捨てた彼女は——まるで翼が生えた鳥のような勢いで空へと飛びあがった。

ケビンは星空の輝く夜空に浮かび上がり、そしてどこかへと飛び去ってしまうリヴィアを呆然《ぼうぜん》と見守る事しか出来なかった。

「え、っと」

……レジスタンスからの指示。

悪龍『リヴィア』の討伐。

これは——失敗に終わったという事、だろうか？

5

……とりあえず。

白髪の少女。

タナトスを家まで連れて帰ってきてしまった俺は、しかしすぐに自分がしでかしてしまった事を振り返り、頭を抱えてしまった。

タナトス。

それは『ネオンライト』における第一ステージのボス、『リヴァイアサン』の片割れである『リヴィア』のもう片方。

そっくりな見た目をしているのは双子だからだ。

そんな彼女がどうしてあの工場で拘束されていたのかというと、理由は極めて単純で【十三階段】が悪龍としての力を利用していろいろな魔道具を作っていたからだ。

そして、ある意味マッチポンプのような形でリヴィアは利用されてきた。

リヴィアが何故《なぜ》【十三階段】に使われているのかというと、それは姉妹であるタナトスをネオンシティから見つけ出す為《ため》だった。

行方知らずの双子の片割れ、それを捜す手伝いをして貰《もら》う代わりに、リヴィアは【十三階段】の手先となった。

アイドルとなり、人々から金銭や生命力を奪っていたのもその一環だ。

そして最終的に『リヴァイアサン』姉妹は主人公含めたレジスタンス達に倒される事となるのが原作の流れだが。

「……」


えっと。

何でその倒される筈《はず》だったタナトスがこの場所にいるんすかねぇ。

まあ、現実を直視するのならばこうしてタナトスを拾ってきてしまったけど、彼女は元々あの場所であの武装集団（レジスタンス）に殺される運命にあったのだ。

だからこうして彼女を連れて帰って来てしまったとしても、原作に何か変化があるとは思えない――

「タナトス――っ！」

と。

……いきなり空間が捻《ね》じ曲《ま》がり、そこから一人の少女が現れた。
先ほど、俺が連れ帰って来た少女と瓜二つ《うりふた》の少女だ。
アイドル衣装を身に纏《まと》っている可愛《かわい》らしくも美しい少女。

（り、リヴィアじゃん！）

え、なんでここにいんの？
いや、そりゃあタナトスの気配を察知したからこの場所に現れたんだろうけど。
え、どうして？
タイミング的に考えて主人公に倒されているんじゃないの？

それともまだ主人公と戦ってない？
どちらにせよリヴィアがタナトスと再会した以上、彼女が【十三階段】に協力する理由はない。
それはつまり、どういう事か。

リヴィアが主人公に倒される事はなくなったって事ですね……

ど、どうしよ。
原作崩壊とかしたくないって思ってた矢先に第一ボスの死亡をなかった事にしてしまった訳だけど。
リヴィアは俺も好きなキャラクターだから、彼女がこれからも生きてくれるのはむしろ嬉《うれ》しいけど、これからこの世界はどんな流れになってしまうんだ？

「貴方《あなた》は」

と、そこでまだ目を醒《さ》まさないタナトスを抱きしめとりあえず安否を確認し終えたのか、顔を上げた彼女がこちらへと振り返る。

ニコニコと笑みを浮かべていた。

「貴方が何者なのか、どうしてタナトスを連れているのか、そこら辺のところ説明してくれるとありがたいのだけど」

「え、えっと」

「嘘《うそ》を吐《つ》いたら分かるから、そこのところちゃんと理解した上で説明してくれると嬉しいわ」

「……」


命乞いというか、遺書の準備は必要だろうか？

ともあれ、仕方がないのでこれまで起きた事を簡潔に説明する事にする。

俺が警備員のアルバイトをしていたという事。

そこに謎の襲撃が起きたという事。

それを撃退するために工場内を移動していたら、タナトスを見つけたという事。

すべてを説明し終えると、彼女は額に手を当て「なるほど」と呟いた。

「……あいつ等《ら》、なるほどね」


恐らく自らを利用してきた【十三階段】の事を考えているのだろうか？

今にも飛び出していきそうな雰囲気を醸し出していたが、しかし突然「まあ、いっか」と呟いた彼女は俺の方を見、「ありがとう」といきなり感謝を告げてくる。

「貴方は当然知らなかっただろうけど、この子は私にとって一番の家族だったの……家族の事を救ってくれて、本当にありがとう」


いえ、原作で死亡していたキャラクターの生存を狙ってました。

とは当然言えないし、何なら貴方もその流れなら死んでましたとも言えない。

リヴィアに関しては完全に偶然だった訳だし。

とはいえこの世に死ぬべき人――リヴィアとタナトスは悪龍《あくりゅう》、魔物だけど――は存在しないし、彼女達が生き残ったのはむしろ良かったと考えるべき、なのだろうか？

「……う、ぅ」

と、そこで。

タナトスが呻《うめ》き、うっすらと眼《め》を開ける。

「タナトスっ！」

その身体を抱きしめるリヴィアの方は見ず、代わりに俺の方をじっと眠そうな瞳で見つめたタナトスの口がゆるゆると開く。

「王子様……？」

それは一体どういう意味ですかね？

そしてリヴィアはその言葉を聞き、どこか慌てたような雰囲気で言う。

「こ、この人は確かに貴方を助けてくれた人だけど——」
「王子様なんですね？」
「いや、だから」
「王子様なんですねー？」

にこりと笑ったタナトスは、言う。

「私の王子様、ようやく見つけられましたー……」

生憎《あいにく》と俺にとってタナトスという存在はストーリー外で死亡したキャラという認識しかない。

……彼女は俺の事を「王子様」と思っているみたいだが、それがどういう意味なのか当然分からなかった。

困惑する俺とリヴィアに対し、タナトスはまるで恋する乙女のような表情を浮かべるのだった。

「王子様、貴方に会う日を、ずっとずっと心待ちにしていましたよー？」

6

『……』

「……」


沈黙が玉座を支配する。

無表情の男は先ほどまでルクスとリヴィア、そしてタナトスが映し出されていたテレビを食い入るように見つめている。

対し、今、画面に映し出されている無機質なウサギは相変わらず微動だにせず、しかし不思議な事にそこには微《かす》かな驚きと喜びが感じられた。

『……ふぅん』

画面内の女王の呟《つぶや》きを聞き、男は我に返る。

「あ、あの男は……我が女王、あれもまた貴方の【物語】に記載されていた定数ですか？」

男の問いに対し、女王はどこか上の空な口調で答える。

『いいえ、あれは全くの想定外よ』

「想定外……？」

『ええ。予定外ではなく、想定外。そもそもあんな存在があの場所で唐突にポップするだなんて私の【物語】には書かれていない』

女王は言う。

『タナトスは死に、そしてリヴィアもまた変数たるあのケビンによって滅ぼされる運命だった。しかしこの可能性に至る事は余白にすら仄《ほの》めかされていなかったわ』
「で、ではあれは――」
『ふふ、そうね。あれは私にとって定数ではなく、そして変数でもない。全く異なる外部から唐突に出現した存在――強いて言うのならば、未知数とでも言えるのかしら？』
「未知数……」

小さく呟く男に対し、女王はからからと面白い冗談を聞いた後のように笑う。

『恐らくは先祖返りによって魔法剣の力を手にしてしまった一般人。あの強力無比な聖剣を扱えているところからもそれは明白ね』

「っ。では、私が直接赴き、処分して――」

『いいえ、その必要はないわ』


男の言葉を遮るように言う女王の言葉は、まるで楽しい遊戯に水を差された少女のように不機嫌だった。

『あの未知数もまた、私にとっては観測する甲斐《かい》のある存在。貴方が干渉したところでその振る舞いは変わらないでしょう。だけど貴方がカメラに映って未知数の陰になってしまうのはイヤなの。だから、じっとしていなさい』

そう窘《たしな》められた男は、渋々「分かりました」と首を縦に振る。
その様子を見て満足したのか、再びテレビの画面が「ぱっ」と切り替わる。
そこにはやはり、女王が未知数と表現した存在、ルクスが映し出されていた。

2　世界観を守る事の難しさ

1

レジスタンスと呼ばれているが、実際のところ彼等に正式な呼称は存在しない。

あくまで集団であり、【十三階段】に虐げられた存在を保護し、そして反意を抱いた者として【十三階段】に対抗する為《ため》に行動をする。

そんな彼等レジスタンスにもまた始まりがあり、そしてレジスタンスの創立者と便宜上呼べる者も一応存在する。

その人物は一人、借りているオフィスビルの一室でじっとパソコンの画面を見つめて「うんうん」と唸っていた。

そこに映し出されているのはネットニュース。

……アイドル『リヴィア』の失踪についてのあれこれ。

その事についていろいろなメディアやブロガー、配信者達が様々な憶測を妄想し、発信している。

ある者は企業と企業とのトラブルに巻き込まれたとか、ある者は芸能界に嫌気がさして雲隠れしたとか、兎《と》に角《かく》好き勝手言っている。

とはいえそれらがすべて嘘《うそ》だと言い切れないのは、レジスタンスのメンバーであるケビンに指示を出し、その存在を抹消しようとした「彼女」ですら同じだった。

「全く……一体何が起きているかまるで見当がつかない」

ぐっとのけ反って椅子の背もたれに体重を掛ける。

「儘《まま》ならないなぁ」

「彼女」の名前はセブン・クラウン。

レジスタンスの創立者であり責任者。

……リーダーでもあるが、しかし彼女的にはレジスタンスにあれやこれやと指示出来る立場ではないと思っている。

そもそも当初、レジスタンスは【十三階段】によって迫害された者を保護する名目で生まれたのだ。

だからこそレジスタンスのメンバーには事情があり、だからこそそんな彼等《ら》に命令を強制するような事は、彼女には出来なかった。

しかし最近、レジスタンスの規模が大きくなるのに比例し、何となく制御が利かなくなってきたような気がするのも確かだった。

レジスタンスのメンバー達の間にあった社会への不満、不服、それらが爆発する寸前にまで来ている。

……それらをセブン・クラウンは把握しているが、今のところそれらを発散する正しい手段というものを見つけ出せていない。

【十三階段】を打倒し社会をあるべき形に正すのだとしても、しかしその手段が暴力しかないとは思えない。

だが、レジスタンスには自らが虐げられてきた事を理由に、【十三階段】に従う者達に対して力を振るおうとする者が多数いる。

一筋縄ではいかない。

しかし――これは自分が始めた【物語】。

中途半端なところで投げ出す訳にはいかないのだ。

「とはいえわたくしだって疲れる――っと、入って良いよ」

扉が開かれ、部屋に入って来たのは少年だった。

ケビン。

とある実験施設で発見され保護された新メンバーであり、最近だと【十三階段】が使役している悪龍《あくりゅう》、『リヴィア』の討伐を行った。

途中まで成功したと思われたそれは、しかしながら失敗に終わる事となった。

……『リヴィア』は逃走し、失踪した。

今はどこにいるか分からない。

【十三階段】が回収したのか、はたまた完全に『リヴィア』本人の意思で雲隠れしたのか。

それが分からない以上、現状次の指示を出す事が出来ない。

「どうかした？」

「その——連中が次の指示を待っているらしくて」

「……前も言った通り、【十三階段】の動向が不透明である以上、我々は慎重にならざるを得ない。わたくしは皆の命を預かっている以上、無責任な事は出来ないの」

「分かったよ、みんなにそう伝えておく」

「一応、前もって予定していた計画が後回しになっただけで、それを行わなくなった訳じゃないから。そこのところも一応伝えておいてちょうだい」


とはいえ、適当なタイミングでガス抜きはさせないといけないな。

でないと、ガス爆発を起こしてしまう。

ぺこりと頭を下げ、部屋から去っていく少年の背中を見送り、完全にそれが見えなくなったのを確認し、セブンは溜息《ためいき》を吐《つ》く。


「全く——儘ならないな」

2

「タナトス、このお皿運んでちょうだい？」

「んなー、やだですー」

「お兄さんに住居を提供して貰《もら》っているのだから、せめてそれくらいはしなさいよ」

「あいー……」


なんか第一ステージボスとその双子の片割れが居候する事になった。

気づけば空き部屋になっていたところに二組の布団が用意されていて、そして今は彼女達がそこを利用している。

……何故《なぜ》だ、どうしてだ？

俺は何も悪い事をしていないのに、なんでこんな事になっている？

原作の死亡キャラが生存するというのはある意味ファンのする妄想の中でも特にポピュラーなものだ。

そして今回、よくよく考えてみると二人が生き残った事によって起こる原作の道筋の改変は少ない――と、思いたい。

死亡キャラが生存したとはいえ、その二人は今後主人公達と関わろうとする意思はないみたいだし、だからこのままこのマンションの一室で自由にさせていれば、そのまま主人公達の物語を邪魔しないで済む。

そのように思いたいが、実際のところは分からない。

少なくともこうして二人が俺と共同生活を送る事によって、その分の食費が増えた。

正確に言うのならば彼女達は悪龍である為、人間が行うような食事によるエネルギー補給は必須ではない。

普通に街中の人混みに突っ立っていれば、そこで生命力を道行く人々から吸収する事が出来る、らしい。

とはいえ社会人として働いている俺としては、ただでさえ労働で疲れている人間から生命力を奪って欲しくはない。

そんな訳で彼女達の食事も俺の貯金を崩して自腹で用意している訳だが。

「はい、これ」

「……なにこれ」

「食事代」

「……」

リヴィアが百万円ポンとくれたぜ！

「いや、出所は？」

「秘密」

「……」


後で聞いたが、アイドルとして活動していた頃に得ていた収入をちょっとずつ隠していて、それを回収した後に俺へと渡してくれたらしい。

リヴィアもリヴィアで衣食住を提供してくれている家主の俺には感謝しているのだそうだ。

そうでなくてもタナトスの事を流れとはいえ助けた俺に対して恩義を感じているらしいし。

なんにしても、リヴィアから渡して貰ったお金で食費に関してはプラマイゼロになった訳だが、それでもやはり住人が増えた事によって生活リズムはかなり変わった。

女の子は三人集まれば姦《かしま》しくなると言うが、二人だけでも十分に賑《にぎ》やかだった。


「王子様♡　はい、あーんですー♪」


……いや、より正確に言うのならば騒がしいのはもっぱらタナトスの方だった。

何やら彼女から多大なる愛を向けられているのだが、しかし悲しい事に身に覚えがない。

彼女の事を救出したというのは確かだが、しかしだからといってここまでの感情を向けられる理由にはならないと思う。

あと一歩でヤンデレと表現するに足るほどにいちゃついて来るのだが、毎日労働で疲れている身としては本当に勘弁して欲しかった。

この場合、悪いのはむしろブラックな労働環境とクソ上司の方なので彼女に対して強く文句を言う事は出来ないからより厄介だった。


「あー、なんか刷り込みみたいなものを起こしているみたいだよ、お兄さん」

彼女の行動の理由についてリヴィアに尋ねてみたところ、彼女は苦笑を浮かべながらそのように答えた。


「王子様って言っているけど、あの子、昔から夢見がちだったから」

「そうなのか」

「ええ、眠り姫の自分を男の子が助けてくれるなんてシチュエーション、あの子にとっては劇薬みたいなものだったのでしょうね」

「それは、なんていうか」

「だから、責任取りなさい」

「何故に」

「ちなみに私達は卵生よ」

「何故に今その事を言う！」


ていうか人間の見た目をしているのに卵生なのかよ、やべえなおい！

じゃあ、なくて。

「確かにお前達を助けた身としては、その後の事もちゃんと責任を取らないといけないとは思っているよ」

「あら、意外」

「だけどな、そういう色恋沙汰に関しては本当に付き合うつもりはない」

「それはどうして？」

「純粋に忙しい、仕事が」

「それ、あの子の前では言わないようにね」

「え、なんで？」

「それを言ったらあの子、間違いなく貴方《あなた》の職場をぶっ壊しに行くわよ」

「……」


悪龍、怖い。

人間じゃないから人間らしからぬ倫理観で生きているのは間違いないのだが、しかしいざ本人の口から言われると凄《すご》みが違う。

そういう意味で、目の前のリヴィアはなんて言うか落ち着いているし、まるで人間らしい思考をしているように見えるが、それはどうしてだろうか？

「まあ、これでも不本意ながら人間の中で生きていたからね」

「あー」

「まあ、あんな風に人間達から生命力を奪いながら適当に歌って踊るのも退屈しなくて良かったけど。だけどやっぱりだらだら過ごす方が悪龍の私には性に合っているわね」

「そうか」


だらだら過ごすのが至高というのは完全に同意する。

羨ましい、俺もそうなりたい。

とはいえまだまだニートタイムに突入するには貯金が足りないし、労働の日々はこれからも続いていく事だろう……

「社畜の日々は辛いよ……」

「本当に大変そうねぇ」

「お前も社畜になれば分かるよ」

「別に一生分からなくても良いと思っているわよ、貴方の苦労なんて。そんな事をするよりは貴方を堕落させる方がずっと良いと思っているけど、だけど貴方はそれを望まないのでしょう？」

「ん、まあそうだな」

「そ、れ、じゃ、あ」


にやり。

どこか蠱惑的《こわくてき》な笑みを浮かべた彼女はしゃなりとまるで蛇のように身体をくねらせ、こちらに身体を寄せてくる。

「一緒に、気持ち良くなりましょう？」


何言ってんだこいつは。

3

「何言っているんですかリヴィア？」

むにーん、と。

リヴィアの頬《ほお》を抓《つね》るタナトスの姿は一言で言うのならば、そう、水着。

何故か水着を着ていた。

しかも何故か白スクール水着。

ブルマと同じく絶滅したはずでは……

彼女の肌は極めて真っ白な為に境目がほとんど曖昧で、まるで全裸になっているかのような錯覚に陥る。

幸い、彼女の身体はすとんとしているので刺激は少ない。

これで巨乳だったらアブノーマル過ぎてヤバかった。

「いや、私だってお兄さんには感謝している訳だし……」

そのように頬を抓られながらぼやくリヴィアが着ているのは黒い水着だった。

なんか紐《ひも》が身体に絡まっていて守るべき場所を守る布の面積がかなり小さく見える。

どうやって着るんだ、この水着？

そして何より、彼女は巨乳だった。

デカい、凄くデカい。

刺激的という意味では圧倒的にリヴィアの方が圧勝だった。


「むー……」

頬を膨らませ、ひたすらリヴィアの頬を抓るタナトス。


「……いや待て、何でお前達は部屋の中で水着になっているんだ？」

「これから一緒に風呂に入るからよ」

「ん？　いつも水着なんか着ないで風呂に入っているじゃん」

「お兄さんも一緒によ」

「何故《なぜ》に！」

「そりゃあ、まあ？　感謝の気持ちを込めて？」

「何故に疑問形なんだ……」

「精一杯ぃ、サービスして上げますねー♡」

ハートマークをあちらこちらに散らしながら言うタナトス。

瞳の中にもハートマークが浮かんでいるが、その様はまるで捕食者のそれにしか見えない。

選択を間違えれば一口でぱくりといただかれるのが如実に伝わって来るので気持ちがまるで休まらない。

ていうか逃げ出したい、この部屋から。

逃げ出して、どっかの居酒屋でやけ酒したい。

最近はそもそも連勤が続いていてお酒を飲む余裕すらなく安いノンアルコールビールしか飲んでいないので、そろそろお高めのお酒を引っ掛けたい……

「明日は休日だから普通に休ませてくれ……」

「全身の筋肉がドロドロになるマッサージをしてあげますー♡」

「止めてくれ、語尾にハートを付けたところで悪龍《あくりゅう》のお前が言うと恐ろしい末路しか想像出来ないから」

「してあげます♡」

「一気に強者感が出て来たな――いや、そうじゃなくてだなぁ」

このままいくとなし崩しに風呂に連れ込まれる可能性が出てくるので、俺は直ちに状況を打破する選択を模索。

「あ、そうだ。来週一緒にテーマパークに行くからそれで手を打たないか？」


必殺技。

それは後回し、未来の俺に丸投げする。

あるいは思考放棄だった。

残念な事に今日も今日とて労働で疲れているので、現状だとそれくらいしか思い浮かばなかった……

幸い、例のレジスタンス達の襲撃によってアルバイト先の工場の警備はクビになってしまった。

重要な存在であるタナトスがいなくなってしまったのだから当然だし、だから不本意ながら今は休日が暇になってしまっているのだ。

「デートですねぇ、楽しみですー」

「貴方がそれで良いのなら」

とはいえ二人も納得してくれたし、俺はほっとしつつ今日はさっさと寝てしまおうと自分の部屋に戻る――

「あ、お着替えお手伝いしますねー♡」

が、回り込まれてしまった。

「や、止めろっ！」

「よいではないかーよいではないかー♪」

「止めろってかマジで止めろスーツが破れたら本当に困るから」

「じゃあ早く自分で脱いでください、今ここで！」

「なんで自分の意思でお前達の前で脱がないといけないの⁉」

とりあえず、今でさえこんなにも疲れるのにテーマパークに行ったらどれだけ疲れるのか、想像するだに恐ろしかった。

4

労働している間は「この苦痛がどれほどまで続いていくのだろうか？」と常に陰鬱な気持ちになっているのだが、それでも気づけば彼女達とテーマパークへと赴く日になっていた。

電車に乗って一時間、やって来たのはテーマパーク『ペングィーンランド』。

ペンギンのマスコットがメインキャラクターのこの場所はネオンシティの中で最も大きなテーマパークであり、同時に主人公達がいずれ訪れボスと戦う事となる舞台でもある。

よくよく考えてみると主人公達と出会う可能性を考慮するのならばこのテーマパークには近づかないのが正しいのかもしれないけれども、しかしこの場所で戦う事となるボスは一応第五ステージボス、つまり終盤で戦う事となるボスなのだ。

リヴィア談によると原作の戦いがあったのはつい先日であるため、そこからいきなりこの場所にやって来るとは思えないし、ある程度安心してこのテーマパークを楽しむ事が出来るだろう。

「王子様」

「なんだ？」

と、家の中ではほとんどジャージ姿で過ごしている事が多いタナトスが、なんか凄《すご》く憂鬱そうな表情で話し掛けてくる。

「帰りたい、うなー……」

「いや、まだ何のアトラクションにも乗ってないんだけど」

「オンゲーしたいぃ……」

「現代人かお前は」

「ソシャゲのイベント周回したいのだー……」

「……」


ちなみに、最近までアイドルとして活動をしていたリヴィア、そして彼女に瓜二つ《うりふた》の見た目をしているタナトスは変装をしている。

髪の色を魔法で変え、そして眼鏡《めがね》をかけている。

たったそれだけでがらりと印象が変わってしまったのはかなり驚きだったが、ともあれこれで誰かに気付かれる危険性は低くなったと思う。

最悪バレたとしても「違います」「良く似ていると言われます」とすっとぼければ良い訳だし、こちらが「そうです」などと白状しない限りは他人の空似として通す事が出来る。

ま、なんにしても今日は羽を伸ばそう。

いや、本当に休みたいなら家の中でずっとごろごろしているのが正解なのかもしれないけど――いや待て、それだと完全に人間としてダメなんじゃないか？

平日死ぬ気で働いて、休日は無為に時間を過ごすなんてまるで限界社畜みたいじゃないか？

労働も大切だが、休日は有意義に過ごすべきだ。

今日みたいにテーマパークで遊ぶのは人間らしい健全な生活に相応《ふさわ》しい。

大人になったから素直にはしゃぐのは恥ずかしいお年頃になってしまったが、アトラクションに乗って楽しむ事くらいは許されるだろう。

「という訳で、まず何に乗ろう」

「エデン・マウンテンとかどうかしら？」

「いきなり絶叫系か……」

別に苦手ではないのだが、ただ絶叫系って疲れるんだよな。

体力を使う系はちょっと……

「じゃあ、ペングィーン・ワールドとか」

「世界観を楽しむ奴《やつ》か」

ただ、こうしてテーマパークに遊びに来たのは良いけれども、今のところこの『ペングイーンランド』の前知識がまるでないんだよな。

アニメは勿論《もちろん》の事、漫画も読んだ事はないし、最低限の知識を得る事の出来るガイドブックにも目を通した事がない。

どれもこれも仕事が忙しい事がいけないんだ。

電車の中で読む事は出来るけど、基本的に電車の中では寝てるしな……

「……じゃあ、観覧車とかは？」

「あれ何が楽しいんだ？」

「もうっ、さっきから文句ばっかり言って、折角《せっかく》テーマパークに来たのにアウェー過ぎるでしょ！」

「ねえ、帰りませんー？　それかどっかレストランでゆっくりしましょー？」

「あんたはスマホを弄《いじ》る手を止めなさい」

結局、リヴィアに引っ張られる形で外観を楽しむタイプのアトラクションへと向かうのだった。

　乗り物に乗るのではなく、道筋通りに歩いて設置されているキャラクター達を楽しむ奴である。

　マークが隠されていたり、原作を知っていれば「おっ」と思う要素もあったりするらしいが、生憎《あいにく》とここにいるのはみんな原作を知らない人間（と悪龍）だけである。

「ほら、見て。あれはペングィーンが滝壺《たきつぼ》に落ちた時にバリツを使って助かったシーンの場所よ」

「なんだその名探偵がいろいろな都合で助かる羽目になったような展開は。ていうか、あー。お前はこのテーマパークの事、結構知ってたりするのか？」

「……まあ、不本意だけど」

「ん？」

「ひ、暇だったから時々アニメを見てたのよ。特別ペングィーンの事が詳しい訳じゃないけど、だけど浅いところの知識は――あ！　あれってもしかしてペングィーンがおもちゃの船を落としてピエロと出会った場所じゃないかしらっ」

「……」

結構楽しんでるじゃねえか。

まあ、一人くらいそんな風にこのテーマパークを楽しめているような奴がいた方が良いだろう。

俺は何がなんだか分かっていないし、そしてタナトスはというと既に飽きているのかスマホを弄っている。

……こいつに関してはもうちょっとテンションを上げろよと思うが、まあ、元々インドア派な奴なので、だからそんな奴に無理やりアウトドアな趣味を楽しめという方が酷なのかもしれない。

とはいえ、スマホを弄りながら歩いていると危ないから顔を上げて欲しい。

ああ、ほら目の前にマスコットが立っているからそのまま進むとぶつかってしまう——

「うへぇ？　な、なんだぁ……！」

と、タナトスは驚きながら顔を上げる。

その姿を見てリヴィアは「何やっているんだ……」と首を横に振り、そして俺は謝る為《ため》にマスコットの下へと駆けよった。

「す、すみません」

いつも会社でやっているように頭をペコペコと下げてみせると、マスコットはしばし黙り込んだのちに口を開く。

いや、口は開いていないけど、中から声が聞こえて来た。

「ふ、ふふ。こんなところで運が回ってくるとはなぁ……！」

「は？」

明らかに空気を読んでいない、マスコットから聞こえちゃいけない声。

中に入っているであろう人物は続ける。

「まさか仕事場にわざわざ、件《くだん》の悪龍《あくりゅう》様がやってきてくれるだなんて、本当に運が良い！」

「……！」

こ、こいつタナトスとリヴィアの事が悪龍だと分かった、見抜いたのか？

そしてそれが分かるって事は間違いなく……！

「とうっ！」

まるで着ぐるみを着ているようには見えない機敏さでぴょんとその場で跳ね上がり、そして空中で思い切り着ぐるみの頭をキャストオフ。

そして中から現れたのは金髪のチャラい感じの見た目をした男だった。

「俺様の名前は、ラムダ。てめえら屠《ほふ》って颯爽《さっそう》と幹部にならせてもらうぜ！」

5

何故《なぜ》に原作の第五ステージボスが着ぐるみの中に入っているのか。

……彼は一応設定上ペングィーンランドの従業員だから、別に着ぐるみの中に入っていてもおかしくはないのだが、しかしそのチャラい見た目でペンギンの着ぐるみを身に纏《まと》っているというのは、なんて言うかシュールだった。

「な、なんて事……！」

そして、そんな男、ラムダを見てリヴィアはわなわなと身体を震わせた。

まさかこんなところで身バレをするとは思ってもみなかっただろうし、驚愕《きょうがく》するのは当たり前――

「おまっ、スタッフが着ぐるみ脱いで世界観ぶっ壊すのはいくら何でもマナー違反以前にやっちゃいけない事でしょっ⁉」

この状況下においてもリヴィアはペングィーンランドを楽しんでいた。

「ひ、人が折角ペングィーンに浸っていたというのに、このっ……！」

「あ、え？　あー、その。なんかすまん……」

本気で怒って非難してくるリヴィアの様子に対し流石《さすが》に罪悪感を覚えたのか、ラムダは申し訳なさそうに頭を下げる。

「って、いやいや！　そんな事より、お前状況を分かってんのかっ？　これからお前等《ら》は俺の手によって倒されて、そんで【十三階段】の手に落ちるんだぞ？」

「そんな事？　ペングィーンランドの世界観を守る事より大切な事があるとでも言いたげね？」

「だーかーらーっ」

調子狂うなー、と頭をガシガシかくラムダ。

二人の嚙《か》み合っているようで嚙み合っていない会話を聞き、俺はどうしたもんかと思い、そしてタナトスは面倒臭い事が始まったと言わんばかりに溜息《ためいき》を吐《つ》いた。

が、そこでふと何かを思いついたかのように目を輝かせたタナトスはこちらをじっと見つめてくる。

「ねえ、王子様？」

「……なんだ？」

「あいつ、私達を襲おうとしているみたいです。怖いなー恐ろしいなー、ここは王子様に守って貰《もら》いたいなー」

「は？」


いや。

お前達腐っても悪龍なんだから、設定上第一ステージボスでも第五ステージボスのラムダと普通に戦えるだろ。

むしろ俺の方に振って貰っても困るのだがと思ったが、残念な事に彼女の言葉を聞いたのは俺だけではなかった。

「ほー。お前、強いのか？」

ラムダの関心が俺に向いた！

「い、いや。貴方《あなた》ほどではないよラムダさん。幹部候補である貴方に勝てるなんて到底思えない」

「そりゃそうだ、こちとら物理で覇権を取ろうとしているんだ、簡単に勝てると思われたならば本気で殴りかかってたところだぜ」

良かった。

「だが、そうなると俄然《がぜん》興味が湧いてきた。おいてめえ、喧嘩《けんか》しようぜ？」

「やっぱり殴りかかって来るんじゃねえか」

「先攻はいただくぜ――おらっ！」

と、俺が返答を準備するよりも前にラムダが拳を構え、そして光の如き速度で突貫。

正しく剛槍《ごうそう》の刺突の如き一撃が、俺に向かって一直線に放たれる。

「威を『分かつ』」

……【切断】で威力を分散していなかったら、その場で確実に俺の身体は破裂していた事だろう。

魔法剣でその一撃を受け止めて見せた俺の事を、ラムダは目をキラキラと輝かせて見る。

「おお、お前すげえな！　俺の一撃を受けてまともに立っていられる奴《やつ》なんてここ数年見てないぜ」

じゃあ、こいつはどうだ？

そう言わんばかりに彼はその場でくるりと回転。

その勢いを乗せた開脚蹴りが俺の脇腹に突き刺さった。

当然それも【切断】によって受け止め、そしてそのままずっと一方的に攻撃される訳にもいかなかったので魔法剣を横薙《な》ぎに振るって男の身体に触れた。

「お？　魔法剣の割に全然痛くな――」

「距離を『分かつ』」

先ほど見た、リヴィア曰《いわ》く『ペングィーンが落ちる羽目になった滝壺《たきつぼ》』との距離を割き、そのままラムダをそこに突き落とした。

「あああぁぁぁぁ！」

なんか悲鳴を上げて落下していく男。

真っ白に泡立つ水の中にその姿が消えたのを確認し、俺は溜息を吐いた。

「……帰ろうか」

「流石は王子様ですねぇ、凄《すご》いですー♡」

タナトスは目の中にハートを浮かべてこちらの腕に抱きついてきた。

「げ、原作再現……！」

そしてリヴィアはなんか目を輝かせていた。

お前それで良いんか？

6

その後、俺達はお土産エリアでお土産を購入し、そのまま帰る事となった。

「龍《りゅう》が絡みついているタイプの剣のキーホルダーとか買ったりはするなよ？」

「な、何言っているのかしら？　これは勇者ペングィーンが悪龍を討伐するのに使った『エクスカリバー』よっ。彼の『悪龍めっ、みじん切りにしてやるっ』って言葉は本当に勇ましくて……」

「あー、私それなら聞いた事ありますよぉ。オーチューブで『み、み、み、みじん切りにしちゃるZEYO』って音MADが100万回再生されてましたねー」

「……」

「ひ、ひたいからほっへひっぱらないれー」

ぐにーん、とタナトスのほっぺたを抓《つね》るリヴィア。

仲が良いなーと思いつつ、俺はふと近くにあったお土産グッズに視線を落とす。

勇者ペングィーンのぬいぐるみ。

真面目そうなしかめっ面をしているが、如何《いかん》せん元が可愛《かわい》い系なので間抜けに見える。

いやまあ、ペングィーンすべてがそんな顔をしているのでどれも違いは分からないが、とはいえそれを口にしたら間違いなくリヴィアが怒り出すだろう。

ガチ勢、怖い。

「そういえば、あいつどうなったかな……」

滝壺に落としたけど、まあ、生きているとは思う。

第五ステージボスだし、そもそも滝壺もアトラクションの一部な訳だし、だからあの程度で死ぬとは思えない。

今後どうなるかだけど、まあ、滝壺に落とされた程度で原作に変化が起こる事はないだろう。

ただ、悪龍が生きてペングィーンランドにやって来たという事を【十三階段】に報告されるのは面倒だ。

うーん、しばらくは二人に大人しくして貰う方が良いかな……？

「また来週来ましょう」

「……」

もはやペングィーンランドが大好きである事を隠そうともしないリヴィアの姿を見、俺は頭を抱えたくなる衝動に襲われるのだった。

7

三人がペングィーンランドにやって来てボスキャラを滝壺に叩《たた》き落とした、その数日後のお話。

レジスタンスは【十三階段】への対抗の為《ため》に常日頃からやるべき事に追われている。

追われているというか、破壊工作とかデモ行為に精を出していると言うべきか。

便宜上リーダーであるセブンが頭を抱えるくらいには忙しい日々を過ごしているレジスタンスの者達だったが、しかし最近【十三階段】が使役している悪龍の討伐に失敗した彼等《ら》は一時的に活動の停止を余儀なくされていた。

そして、偶然生まれてしまった空白の期間に、セブンがケビンに出した指令は何かというと……

「俺達、こんなところで遊んでて良いのか？」

ペングィーンランドで購入したポップコーンのバケツを手に持ちながらどこかそわそわ

している彼に対し、隣に立つ少女は言う。

「良いって良いって。息抜きも大切な仕事だよーっ」

……青髪の少女、クレー・ミランはケビンの持つポップコーンのバケツから勝手に中身をわしづかみにし、もしゃもしゃと頬《ほお》張った。

そんな自由気ままな同僚の姿を見、ケビンはどのように振る舞えばいいか分からず、仕方がないので隣の彼女を真似《まね》てポップコーンを頬張った。

コンソメ味のポップコーンはやや塩気が強く、飲み物が欲しくなる。

持ち込んだお茶を飲みつつ、ケビンはクレーに尋ねる。

「……今日の任務は」

「このペングィーンランドで楽しむ事、それだけっ」

「そんな、子供みたいな事」

「子供です、私達は！」

レジスタンス以前にまだまだ子供であるが故にケビンと一緒に遊びたかったクレー。

そんな中、悪龍討伐計画が失敗した事によりいろいろな計画が凍結する事となった現状に対し、内心クレーはガッツポーズをしていた。

そして今日、セブンの命令（という名の気遣い）でこのテーマパーク、ペングィーンランドに来られたのは僥倖《ぎょうこう》だと思っている。

当然ここも【十三階段】関連の施設であり、ここで支払う事となった金銭はすべて彼等の懐に入る。

それを考えるとちょっと悔しいけど。


「なあ、クレー。ちょっと」


どこかそわそわしつつもこの場所の空気を楽しんでいるようなケビンの姿を見、クレーは改めてこの場所に来られて良かったと思った。

「どうしたの、ケビン君？」

「いや、そのポップコーン食べ終わっちゃったなって」

「ありゃりゃ、ホントだ……どうする？　一応そのバケツってお持ち帰り出来る奴らしいけど」

「持ち帰ってどうするんだ？　これって所詮ポップコーンの容器だろ、ゴミ箱にでもするのか？」

「あはは……お土産として持って帰るのも良いし、また来た時にスタッフの人に渡せば入れて貰《もら》えるらしいよ？」

「……む、確かバケツ購入分のお金も払ったし、また来る事を考えると持って帰った方が良いの、か？」

「そだねー」


そのような中身の薄い会話をしつつ、ペングィーンランド内の空気を楽しむ。

このままずっと楽しい空気が続けば良いのにとクレーは思っていたが、しかしながらこの場所には空気が読めないと原作の制作に関わっていた人間が直々に語っているキャラクターが働いている。

「お？　お前さてはレジスタンスの奴らだなっ！」

その男は清掃員の格好をしていた。

……当然、ケビン達はつい先日までその男がペングィーンの着ぐるみを着る事を許されていたのは知らないが。

お客と揉《も》めて滝壺《たきつぼ》に突き落とされた男、ラムダ。

彼は今、清掃員になって昇進を目指してイチから頑張っていた。


「……っ、ケビン君！」


レジスタンスは一応社会的には今のところその活動を知られていない存在である。

それを知っているのは【十三階段】の人間だけであり、だからいきなり自分達の所属がレジスタンスである事を見抜いた目の前のスタッフは当然【十三階段】関係の人間。

クレーの言葉を聞きすぐに臨戦態勢に入ろうとしたケビンだったが、しかしラムダが行動を開始する方が早かった。

否《いな》、ケビンもクレーも動く事すら出来なかった。


「せい、破ッ！」

掌打。

――ケビンの肉体が宙へと舞う。

左右前後ではなく、真上へと飛んだ。

何故《なぜ》そうなったのかというと理由は極めて単純で、ケビンを吹っ飛ばした時その身体がペングィーンランドの内部を破壊しないようラムダが配慮した結果である。

流石《さすが》にもう一度問題を起こしたら解雇の可能性もあった。


「ご、は……っ！」

「ケビン君！」


聖剣を取り出す間もなくたったの一撃で致命的なダメージを食らい地面に倒れたケビンの姿を見、悲鳴を上げるクレー。

そんな二人を見、ラムダは少しつまらなそうに鼻を鳴らした。

「ん、んー？　素養はありそうだけどまだまだ未熟な奴じゃねえか、骨がねえ。なんつーかこの前に俺の事をボコった奴等《ら》の方が数倍強いし、ていうかこんな奴等倒しても別に昇進させては貰えねえ、か……」

しばしぶつぶつ呟《つぶや》いた後、それから愛想笑いを浮かべながら言う。

「あー、お客様？　俺みたいな人間がまた現れるかも分からないし、さっさと帰った方が良いぜ？」

「……どういうつもり？」

「別に、食い甲斐《がい》のねえ奴等は俺的にはどうでも良いって事だ。逃げるならさっさとそうすると良い、俺はどうもしねえよ」

「……」

先ほどの一撃、今の自分には明らかに手に余る強敵。

それが逃走を許しているのならば、そうしよう。

そのように判断したクレーはケビンを背に負い、そそくさとその場から立ち去る事にするのだった。

8

「……ケビン——あの少年が普通に倒されたのですが」

無表情の男は、しかしどこか困惑した表情で言う。

彼が仕える女王曰《いわ》く『抗《あらが》いようのない変数』。

それは我々を悉《ことごと》く倒していき、いずれ女王の下に辿《たど》り着く事となるというのが女王の示した【物語】の筈《はず》だった。

しかし今観測されたのは、普通に幹部ですらない人間——いや、その戦闘能力だけで言うのならば上位に位置する男ではあるが——に倒されたケビンの姿。

それは明らかに【物語】には記載されていないものだったたし、そもそもの話ではあったが、ケビンがあのペングィーンランドへと訪れるのはもっと先の話だった筈。

何かがおかしい。
何かがずれている。

「まさか、あの男が原因だと言うのですか……？」
『そう、かもしれないわね』

女王は愉快そうにくつくつと嗤《わら》う。

『私はこの【物語】に対して二つの可能性を見出《みいだ》していた。一つの変数がどのような変化を私にもたらすのかと私はこの場所で楽しみにしていたというのに』

この世界は本当に、面白い。

『まさか変数でもなく定数でもなく未知数がどこからともなく介入する事となるなんて』
「我が女王……」
『あの未知数は間違いなく突然変異によって生み出された存在、だけではない筈。もしかしたらあのルクスという男の背後には強力な組織が存在しているかもしれない。それについて調べたい気もあるけれども、悩むわね』

「そう、なのでしょうか」

『とはいえ、観測を続けましょう。あの男がこの【物語】にどのような変化を与えてくれるのか、それをしばらく探り続けたい』

改めて、再びテレビ画面にノイズが走る。

映し出されたのは――死にそうな表情でエナジードリンクを飲み干すルクスの姿だった。

幕間《まくあい》　エナジー補給

1

カフェインというものは摂取すれば摂取するほど肉体が耐性を獲得していくものであり、そして現在の俺はエナドリをいくらがぶ飲みしようとも全然睡魔に勝てなくなっていた。

もはやエナドリはただの甘い炭酸ジュースでしかなく、とはいえ飲めばカフェインを摂取している事には変わりない訳だし、だから現状眠い時はエナドリに頼るのではなく普通に紅茶を飲むようにしている。

紅茶も紅茶で珈琲《コーヒー》には劣るけどカフェインが含まれているし、そして俺の体質的に珈琲よりも紅茶の方がより効果的みたいだった。

……本音を言うのならば睡魔に襲われている時はちゃんと寝たい。

昼ご飯を食べ終わったらシエスタをしていたいのだが、しかし休憩時間は食事時間込みで50分と決まっている。

なんとなく足りてない気がするし、ていうか時には食事時間すら削って仕事をしているのだが、それはさておき。


「……」


カタカタ、とキーボードを叩《たた》く。

営業をしない間はこうやってコードを書きまくっている訳だが、睡魔と戦いながらやっているとどこかで入力を間違ってしまい結局最初からやり直しという事になりかねない。

ただでさえコードなんてのは運頼み神頼みみたいなところもあるというのに、そこへ更にバッドコンディションによるデバフが加われば失敗する確率は大幅に膨れ上がる。

そしてそのバッドコンディションの状態でどこが間違っているのかを探すというのはかなり大変であり、これならいっそ最初から書き直した方が良いんじゃねえかって事になって来る。

そうなると、当然帰る時間は遅くなる。

定時を超えて仕事をするとはいえ残業時間の上限が決まっているのはありがたいが、とはいえ基本的に定時を超えるのがデフォルトにもなっている。

いつもフラフラになりながら電車に乗って帰る訳だが、その時に俺と同じような人間が一杯乗っているのを見ると少しホッとする。

ああ、俺だけじゃないんだって。

そういう意味で、この社会を変えようとしているレジスタンスのメンバーには是非とも成功して貰《もら》いたいと思っているが、しかし果たしてこの会社のブラック加減は【十三階段】と関係があるのだろうか……？


とはいえ、追い詰められた結果人身事故を起こすみたいな事はしたくないので、適当なタイミングで仕事は辞めたいと、常日頃から思っている。

転職のタイミングを見計らい、そして退職届を叩きつける。

あのクソ上司の顔面にブチ当てたいところだが、それをやると俺の不利に繋《つな》がりそうだからやらない。

あくまで穏便に辞められるように、今日も今日とて働こう。

「お兄さんも大変そうねぇ」

そんな感じにリヴィアに心配して貰ったが、

「もし本当に大変なら、問題のある連中は全員排除するわよ？」

悪龍《あくりゅう》が言うと本当に洒落《しゃれ》にならないので丁重に断っておいた。

「宝くじを買ってワンチャンに懸けるとか、どうでしょうかー？」

そしてタナトスの方はと言うと悪龍なのに運頼みだった。

それはそれでどうなんだと思ったが、これまた丁重に断っておいた。

「いや、宝くじが当たる確率より普通に銀行を襲ってしっかり逃げ切れる確率の方が高いんじゃないかしら？」

「あ、それ名案じゃなーい？」

名案じゃねえよ。

そして提案した方のリヴィアも本気で言った訳ではないらしく、普通に同調してきたタナトスに呆《あき》れていた。

本当にこいつは……

なんか俺に対して絡みついてくる時以外は常にぐーたらとしていながらゲームを楽しんでいるというのに（羨ましい）、定期的に自分のお小遣いをどこかから仕入れてきているらしいのがかなり怖かった。

リヴィアが呆れつつも「別に非合法な事とか、危ない事はしてないみたいよ」と言っていたので大丈夫だとは思うけど、しかしそれも悪龍目線だからなぁ。

なので、タイミングを見て聞いてみる事にした。


「広告料で稼いでますー」

「広告料？」

「ブログとかでページの脇に広告とかありますよね？」

「あーいや、広告料が何なのかを聞きたい訳じゃなくてだな……」

タナトス曰《いわ》く、個人ブログを開設してみんなに閲覧して貰い、それで得られた広告料をお小遣いにしているのだそうだ。

ソシャゲの感想だとか主にゲーム関連のあれこれを扱っているらしいブログなのだそうだが、しかしどのような場所なのだろうか。

ちょっと怖いので今のところ確認はしていない。

せめて炎上とかはしていないと良いのだけれども。

「大丈夫ですよぉ、住所を特定されるようなヘマはしませんし」

「むしろ住所を特定してやろうって輩《やから》が出てくるような事はしないでくれ」

「世の中、低評価をいれたとしてもそれは評価をした事には変わりないって事を知らない人は多いですからねー」

それは一体どういう事を言いたいんだと思ったが、これもまた怖いので聞き出す事は止めておいた。

本当にこいつ、危ない事はしていないんだろうな……？

「私？」

ところで、リヴィアの方はネットでやらかしていないかと不安になったので聞いてみた。

「ネットなんて百害あって一利もないような場所だから触れないわよ、馬鹿らしい」

こっちはこっちで徹底していた。

彼女は彼女で【十三階段】と関係を持っていた時はアイドルをしていたのだし、だからやはりそれ関連でネットリテラシーについて勉強したのだろうか？

「マジで害悪な事しか書かれてないし、触らない方が精神衛生上に正しいわよ全く」

「一体何があったらそこまで思えるんだ」

「あー、ペングィーンのゲームが大失敗した事を馬鹿にした動画を見たらしいですねぇ。

まあ、確かにあのゲームは失敗するのも致し方がないレベルのクソ具合で――」

「ペングィーンの事を悪く言う口はこれかしら」

「ほ、ホントの事言ったらけなおに〜」

ぐにーんと、相も変わらず良く伸びるほっぺただなー。

2

「タバコ休憩してくるわ」

上司がタバコの入った箱を持って席を立つ。

誰も了承していないのだが、まあ、どうせ文句を言ったところで無視してタバコを吸いに喫煙室へと向かうのだろう。

そして上司がいなくなったという事はこちらも奴《やつ》に気を配る必要がなくなったという事でもあるので、完全に上司の姿がなくなった時点で俺は「ふー」と伸びをするのだった。

その伸びをする動作ですら難癖を付けられる可能性がある、とても明るい職場がこの場所です。

クソかな?

「はー」

一息入れるためにペットボトルに入った紅茶を飲んでいると、同期でこの職場に入った同僚のお隣さんがこそっとこちらに一口サイズのチョコレートを差し出してくれる。

カフェインが多めに入っていて、おまけにパフ入りで食べると膨れて空腹感が紛れる奴。

「どう、調子は?」

「いつも通り、最悪だな」

「つまり普通って事ね、良かったよ」

ちなみにこれ以上状況が悪くなるとそもそも会話を続けるのも億劫《おっくう》になって適当に「最高だぜ!」って答えるようになる。

　はっちゃける、あるいはハイになっても良い事はない上に状況も悪化するばかりなのだが、そうじゃないとやっていけないのだ。


「そういえば、ルクス君。最近ネット通販でとある栄養ドリンクが話題になっているらしいんだけど、知ってる？」

「いや、そもそも家ではほとんどパソコンを開かないし」

「あれ？　ネットゲームとか結構詳しくなかった？」

「あー、それは」


　一緒に住んでいるタナトスが楽しげに話してくるのを聞いているから、とは言えない。


「……まあ、いろいろあって」

「ふぅん？　まあ、兎《と》に角《かく》その栄養ドリンク――エリクサーって言うらしいんだけど、飲むと疲労がぽんって消えて体調が一気に改善されるらしいんだよね」

「ええ……」

ちなみに『ネオンライト』のゲーム内にはちゃんとエリクサーという回復効果のある魔法薬があった。

いろいろなゲームと同じで飲むと体力が一気に回復して、更にはＭＰ――マジックポイントも回復するというポーション系のアイテムだったが、これまたいろいろなゲームと同じで獲得方法が限られているため、使う場面を選ばなければならなかった。

人によってはエンディングを迎えても結局使わない人もいたが、そのエリクサーが通販で売られている？

俄《にわ》かには信じ難い。

【十三階段】が作った危ない薬とかじゃないだろうか？

「違う部署の友達がそれを試しに買ってみたら凄《すご》く効いたらしくて、びっくりしていたのを聞いたんだよ」

「うーん……遅効性で後から悪い影響が出てくる奴かもしれないし、怪しいから飲まない方が良いんじゃないか？」

「やっぱり？　ネットの評判なんてあてにならないし、やっぱり買わない方が良いよねー」

ごめんね、下らない話をしちゃって。

笑いながら言う彼女に俺も「いや、ありがとう」と返事をする。

とはいえ、エリクサーというものが通販で売られているという話は念のために頭の隅には入れておこうと俺はキーボードを叩《たた》きながら思った。

3

「と言う訳で、今日はこの通販で購入したエリクサーについてレビューしていきましょー。ぱちぱちぱちぱちぱち～」

「……」

なんか、タナトスが通販で購入しているなと思っていたら、届いたのが件《くだん》のエリクサーだった。

にっこりマークが描かれた段ボール箱を開けて彼女が取り出したのは何やら毒々しい色

合いのイラストが描かれた缶ジュース。

それをしげしげと見ていたタナトス。

そしてそんな彼女の事を呆《あき》れた目で見ていたリヴィア。

「お腹壊《なか》さないようにね……」

「大丈夫ですよ、リヴィア。私達は悪龍《あくりゅう》『リヴァイアサン』ですよ？　こんな人間が作ったポーション程度に負ける筈《はず》がありませんってーっ！」

……と、そんなフラグみたいな事を言ってエリクサーをがぶ飲みしたのが、昨日。

「ぐおおおお……」

盛大にお腹を壊して寝込んでいるタナトスの姿を見て、リヴィアは呆れたように言う。

「だから言ったのに」

「こ、こんな筈ではー……」

「人間が扱う光属性の力は私達には毒になるって事を知らなかったのかしら？」

「あ、悪龍が人間の力に負ける筈がぁ……」

「つい先日まで人間に捕らえられていた貴方《あなた》がそれを言う？」

「ぐう……」


とはいえ、悪龍たる彼女を苦しめるっていう事はリヴィアの言う通りこのエリクサーは光属性関連の力が宿っているもの。

例えば、治癒効果のあるものが含まれる魔法薬である可能性が高い。


「うーん……」

「一応、私が見たところこのエリクサー？　には、人間の毒になるであろう成分は含まれていないわよ？」

「そう、なのか？」

「その筈よ。もし毒が含まれていたらむしろあの子、タナトスはテンションを上げているでしょうから」

「それはそれで恐ろしいな……」

とはいえ、彼女の太鼓判があるならばちょっと味見しても良いかな、なんて思った。

……と、そんなフラグみたいな事を思ったのが昨日の話。

「……！」

カタカタカタカタッ！

勢いよくキーボードを叩く。
思考は冴《さ》え渡り、気持ちは晴れやか。
今なら何でも出来そうな感じで、上司から小言を言われても全然苦にならない。
ああ、今の俺は絶好調だ。
今なら何でも出来そうな気分になっているぜ！

「え、えーと。この仕事もやって貰《もら》って良いの？」

「ああ、今の俺は最強だからな！」

もう何も怖くない。

俺にはあのエリクサーがある。

一本飲めば疲労はぽんと消えてなくなり体調がフル回復される。

むしろ今まで蓄積されていた分すらなくなってしまったので完全に絶好調になってしまっている。

今の俺なら歌いながらタップダンスだって踊れるかもしれない。

ああ、目の前に花畑が見えてきそうだ……！

……と、そんなフラグみたいな事を思ったのが数週間前の話。

「……」

かた、かた。

カタ、カタ。

いくらやっても仕事がなくならない。

だけどエリクサーは手元からなくなってしまった。

……あまりにも人気過ぎてエリクサーを買い占める者が多数現れた。

そのお陰で在庫はなくなり販売中止。

今はもう、高値で売ろうとしてくる転売ヤーから購入するしか手立てがない。

当然そういう連中から購入するつもりはないのだが、しかし現状かなり限界なので手を伸ばしかけている。


「それだけ仕事が出来るならこれも任せて良いな！」


絶好調の時に行っていた仕事量。

それを、エリクサーがなくなった現状の俺もやらなくてはならない。

なにこれ地獄か？

地獄かもしれない……

「あ、あ」

「だ、大丈夫？」

「だいじょばない……」

「し、死にそうな顔色をしているけど」


死にそうっていうか、死にたいっていうか。

死んでも仕事量が減りそうにないっていうか。

なんにせよ、ブーストアイテムに頼ると後が怖いって教訓は得られた。

だからなんだって話だが。


「もう、エナドリなんかに頼らない……」

「そ、そうだね」

「やっぱ紅茶が一番だぁ」


がぶがぶ。

紅茶をがぶ飲みしつつ、全自動で紅茶を飲めるような機械があったら便利なのにな——とかどうでも良い事を思った。

通販で売ってたりしないかな？

4

お薬というものの依存性について考えながら、やっとの事で辿《たど》り着いた休日の自室。

ソファの上でぐでーとしながら、電子レンジで作った温かい湿った手拭いを瞼《まぶた》の上に載せて「んがー」と呻《うめ》いていると、何やら真っ暗闇の向こう側で気配があった。

ていうか、明らかにタナトスが「うわー」とドン引きしている声を漏らし、そしてそれに対してリヴィアが「なによ、結構カワイイじゃない」と素っぽい返事をしていた。

「いや、これは流石《さすが》に……コスプレ衣装って往々にして安っぽい素材なのは分かってますけどぉ。それともやはり使い込んでないから、なんですかー？」

「この安っぽい光沢が良いんじゃない」

「なんていうか『そういう』動画では真っ先に邪魔になって脱がされそうな奴《やつ》ですねぇ」

「お前は私を怒らせた」

「な、なんれ〜」


なんかいつも通りイチャイチャしているな……

いつもならば何が起きているのだろうかと反応しているかもしれないが、しかし今の俺は休日を有効活用するためにグダグダしているのだ。

ここで効率的に動き始めたらすべてが無駄になってしまうので、ただひたすらだらけさせていただく。

すまんな二人とも、今日は俺抜きで漫才をしていてくれ。


「お兄さん？」


と、そんな俺の思考を読んだのか。

いやまあ、割と本気で思考を読めそうな少女……悪龍なのだが。

タイミング良く、リヴィアが俺に対して話しかけてくる。

ちょうど目を瞑《つぶ》っているのだしいっそ狸《たぬき》寝入りでもしてやろうかと思ったが、しかしその前にタナトスの方がどこか声に笑いを含ませながら「これはあれですねー、お姫様のキスが必要ってパティーンですね～」と言う。

と、同時に何やら接近する気配。

これは不味《まず》いと思った俺はすぐに起き上がる。


「お、おはよー……ぁ？」


そこには案の定二人、リヴィアとタナトスがいた。

しかしその格好は——そう。

ナース衣装を身に纏《まと》っていた。

……いや、ナース衣装とは言ったがあからさまにスカートの丈が短いし、ノースリーブだし、なんか胸のところに穴が開いているし、帽子も載っているだけだし、ていうか二人も話していた通り生地が安っぽい。

なるほど……

……コスプレ衣装かぁ。

いやしかし、何でコスプレ？

「お兄さん、疲れてるって言っていたというか、まあ、見た感じあからさまに疲れているのだけど」

「だから、二人で一緒に癒《いや》して上げようーって思いましてぇ」

「……」

リヴィアの方は、まあ、良い。

彼女は家庭的だし、オタク的な意味で時々暴走は起こすものの普通に一般人枠ではある。

……そのオタク的暴走の部分は決して無視出来ないとは思わない事にするとして。

問題はタナトスの方だ。

例によって例の如く、彼女は家庭的な事に対して一切触れている気配がないし、ていうか実際ほとんどやっていないのだろう。

これはリヴィアが甘いという訳ではなく単純にタナトスにやらせると危ないし、ていうか一々教えていたら時間のロスだし、だから結局自分がすべてやってしまった方が良いか

らってだけである。

だから今まで彼女は常に家の中でぐだーっとしていた訳だ。

実に羨ましい。

俺もそうなりたい。


「王子様、まずは耳かきをしましょうかー」

「いやだ」

「え」

「絶対に、嫌だ」

「ぜ、絶対と付けるほどですかー？」

「悪龍《あくりゅう》とか以前にお前にそれをやらせたら鼓膜破られるわ、絶対に」

「そ、そんな事ないですよぉ。私、この日の為《ため》に一杯練習したんですからねぇ」

「まあ、その実験台には私が選ばれた訳ですが」

「……どうだった？」

「悪龍じゃなかったら鼓膜何度も破れてた」

駄目じゃねえか。


「大丈夫だ、問題ない！　一番良い耳かきを頼むーっ」

「一番良い耳かきは、お前がやらない耳かきだよ」

「あー、お兄さん。それなら私がやろうかしら？　一応、優しくしてあげるわよ？」

「頼むわ」

「ちょ、ちょいちょいちょいちょいちょい！　なんですかなんですかなんで私の時と違ってそんなに態度が変わるんですかぁ！」


思わず早口になっているタナトスだったが、それなら毎日の振る舞い方を改めて欲しいなと思いました。

と、いう訳で早速俺はリヴィアの太ももと太ももの間に頭を突っ込んだ。

……？

あれ、こういうのって太ももを枕にするものじゃあ……

「いや、私も最初そうするべきだと思ったわよ。でも実際やってみると、意外と太ももに頭を載せた状態で耳かきするのって難しくて」

「なるほど？」

「あと、純粋に太もも枕は首が痛くなる。こっちも正座しながらじっとせざるをえないから疲れるし」

「なるほどなー」


意外とそこら辺は結構考えての事らしい。

……お陰で俺の視界の先には真っ白ですべすべとした太ももがある訳だが。

うーん、心臓に悪い。

如何《いかん》せん、相手は見た目こそ美少女ではあるもののその本質はやはり悪龍であるがため、ラッキースケベなんかしてしまった暁には「きゃーえっち」というテンションで住居もろとも俺の存在が抹消される事だろう。

悲しいかな、これこそ弱肉強食なんだよね。

彼女達は完全に絶対強者。

ぶっちゃけ主人公がゲーム序盤で倒してしまって良いような設定のキャラクターではないのだ。

そんな人物、いやさ悪龍が俺に対して甲斐甲斐《かいがい》しく耳かきをするというのはなかなかに倒錯的であり、かつ現実味に欠ける話であった。

いや、それを言い出したらそもそもゲームの世界に転生ってところがまず現実的ではないが。

なんにしても、俺はそのまま いろいろなタイプのドキドキで胸を高鳴らせつつ、しかし彼女がかりかりと優しく耳かきをし始めると次第に緊張が解《ほぐ》れていき、そして気づけば俺の意識は遠くなっていくのだった。

5

そして、翌日。

ぐっすり眠れたという事で結構体力が回復した俺だったが、仕事に行く前にタナトスから何やら音楽のデータを渡される事となった。

なんでも仕事に行く途中で聞いてくれ、恥ずかしいから音量は気を付けて欲しいとの事だが……

「……」

スマホに表示されている音楽データの文字。
曰《いわ》く、「超々癒されるＡＳＭＲ音声っ」なのだそうだが、果たして――

『それでは早速耳がぎ始めで行ぎまずーっ』

「……」

ごりごりごりごりごりごりごりごりごり……っ！

「……」

秒で消した。

3　混乱の中にある行間を読もうとする者

1

「……その、女王。グリム様」

『なぁに、ルイン？』

「我が敵、ケビンは本来向かうべき場所へと赴かず強敵と不本意ながらぶつかり、そして倒されたようですが。今もなおアレはグリム様にとっては変数であり続けているのでしょうか？」

『ふふ、ええ……実に的確な指摘だと思うわ——確かにケビン、というよりこの【物語】は本来の道筋とは既に異なる道を歩みつつある。である以上、あの変数が私にとって正しく機能するのか、それを心配する気持ちも分かる』

だけど、とテレビのスピーカーは言葉を続ける。

『現在の状況はただあの男――ルクスというこの【物語】に突然現れた存在によって混乱しているだけよ。言ってしまえば、【物語】の読む順番がバラバラになってしまってはいるけど、ジャンルが変わった訳ではない。そして終局に私が存在している事も、変わらない』

「……」

『で、ある以上私にとっては別にこの混乱は誤差みたいなものなのよ。この大渦巻の如き大混乱にケビンもまた巻き込まれているみたいだけど、それはきっと彼の成長に繋《つな》がる事でしょう』

「で、あるならば良いのですが。では、あの男は？」

『大渦巻、その渦中にいるあの男に関しては、ふふ。どうしようかしら？』

面白そうに笑う女王に対し、男はどこか余裕のない口調で言う。

「僭越《せんえつ》ながら申し上げますと、アレが本筋とはなんら関係のない存在であるのならば、即刻対処するべきかと。投入する戦力がないというのならば、私自らが――」

『ルイン、手出しは不要よ』

楽しみにしていた読み物を邪魔された少女のように、その声はあからさまに不機嫌だった。

『今の我々はあくまで観測者であるだけで、【物語】の登場人物欄にはただただ傍観者とだけ記されているだけの存在。それが自分の好み通りの道筋ではないからといって【物語】に介入するのはあまりにも無粋よ』

「しかし、ではあの未知数は」

『ルイン、何度も言わせないでちょうだい。貴方《あなた》は所詮定数でしかない』

それは、お前の行動になんら意味などないとでも――いや、正しく少女の声はそのように言いたいのだろう。

そしてその事を常々伝えられてきたルインはぐっと黙り込む。

所詮、そう。

自分はただの定数であり、行動の自由が許されている訳ではない。

あくまで自分は、女王の駒。

自由に動けているように錯覚してしまうかもしれないが、それらはすべて女王が記した【物語】の範疇《はんちゅう》でしかない。

それを覆す事が出来るのは、ケビンという変数であり。

もしくは突然現れた、ルクスという未知数だけだ。

「……」
『そう怖い顔をしないでちょうだい、所詮貴方の行動に意味などないのは最初から理解していた事でしょう？　どこまで行動の範囲を広げたところで【物語】からは逃れられない
――ならば、もう少し気楽に考えるべきよ』

さて、と声は続ける。

テレビの画面が切り替わる。

どこかのショッピングモールのようだ。

『あの男は、今度はどのような面白い事をしてくれるのかしら？』

2

「その……仕事を手伝って貰《もら》ったお礼、みたいなもの」

件《くだん》の同僚からいただいた、紅茶の茶葉が混ざった手作りらしいビスケット。

それを家に帰ってから三人で食べた俺は、そう言えばこうしてお礼を貰ったけど、逆に俺も彼女にいろいろと仕事を手伝って貰う事が多々あったのだから、むしろ俺の方から何かプレゼントを返すべきかと思った。

「いえ、返すべきではありませんよ」

その事をタナトスに言うと嫌な表情をしながらそんな風に言ってきた。

「なんでだ」

「返すべきではないからですってば」

「答えになってないぞ」

「……プレゼントにプレゼントを返していたらそのループが一生続きますよー？　それならここでその無駄な輪廻《りんね》を断ち切った方が良いと思いますっ」

「一理あるな」

「ていうか私の王子様からプレゼント貰うとか羨まし過ぎるのですが！　こんちくしょう、私だってプレゼント貰いたいーっ！」

「……」

「その為《ため》にはまず私の方からお礼をするべきですね――リヴィア！　お小遣い欲しいんですが！」

「この前渡したお小遣いはどうしたのよ？」

「ソシャゲの課金に使っちゃったのでないですー。いやあ、まさか最低保証ぶち抜いて確定枠も使う事になるとは……」

「……」

「……」


なんて事があったりなかったりした訳だが、それはさておき。

俺はマンションの近く——近くと言っても電車に乗って向かう必要がある場所だが——にあるショッピングモールに来て、そこでお礼をどうするか悩んでいた。

女性もののプレゼントというものは分からない。

というか、身近にいる女性というのがそれこそ悪龍《あくりゅう》双子しかいないので、参考にならない。

いや、一応二人に助言を貰おうとは思ったのだ。

しかし、

「リヴィア、プレゼントで欲しいモノとかあるか？」

「スパイス詰め合わせ、とか？　未知の味とかに挑戦してみたいのよね。あとはほら、ガラムマサラとかそこら辺のスパイスをブレンドして一からカレーを作ってみたいわ」

「なる、ほど」

リヴィアの答えはある意味家庭的とも言えるが、しかし会社員の彼女がそこまで手の込んだ事をやりたがるとは思えない。

彼女的にはカレーならばレトルトを貰った方が喜ぶと思ったので、スパイスの案は却下する事にした。

では、タナトスの方はどうかと言うと、

「タナトス」

「王子様が欲しいですー」

「いや、そうじゃなくて」

「むしろ私がプレゼントですー」

「……」

「ぷれぜんと、ふぉー、ゆー、でぇす！」


この野郎。

いやこの悪龍。

「……ならばまずはそのだらしない生活態度を改めて欲しいと思う俺は間違っているか？」

「え」

「ソファの上で毎日毎日だらだらしてて、家事の手伝いもしてくれないってリヴィアが愚痴ってたぞ？」

「は、はは……！　い、いぃいいえ私も時々だけどリヴィアの手伝いをしていますよ！　いやだなぁ……」

「あ？」

気づいたら背後に立っていたリヴィアが凄《すさ》まじい剣幕《けんまく》でタナトスの事を睨《にら》みつけていた。

「り、リヴィア……？」

「貴方が。いつ。私の。手伝いを。したって？」

「え、えとその」

「最近の悪龍は寝言を起きたまま言うようになったのね。ああいや、いつも寝ているようなものだから今も寝ているのか」

「お、起きてますがー……！」

「ならせめてソファの上で寝転がってポテチを食べるのは止めなさい。掃除する時ぼろぼろ破片が零《こぼ》れているのを見るたびに大暴れしたくなる衝動に駆られているのよ？」

「ご、ごめんなさ」

「謝る前にまずは風呂場の掃除でもしてきたら？」

「わ、分かりました——そ、その。リヴィア？」

「……なによ」

「ふ、風呂場の掃除ってどのようにすればいいのですか？　えとその、私風呂場の掃除なんてした事なくてぇ」

「……」

溜息《ためいき》を吐《つ》くリヴィア。

助けてくれとこちらを見てくるタナトス。

俺は肩を竦《すく》めた。

いや、どうしたら良いっていうんだ。

何より、怒っているリヴィアに逆らったらどうなるか分かったもんじゃなかった。


そんな訳で俺は一人でショッピングモールに来ていた。

二人はマンションに置いてきた、今は掃除をしている。

具体的に言うと、リヴィアがタナトスに対して徹底的に家事の仕方を叩《たた》きこんでいるみたいだが、しかしタナトスの事だから適当なところで手を抜いて、それをリヴィアが見つけてまた不機嫌になると思っている。


二人とは短い付き合いだが、しかし何となくどのような人柄なのかは段々分かって来た。

ゲームのプレイヤーだった時には知り得ない情報だ。

そもそも二人は原作では序盤の序盤で死ぬ存在な訳だし、裏設定もそこまでなかったような敵キャラだった。

それが今、俺の家にいてのんびり生活をしているというのもなんだか変な気持ちになる。

あるいは、原作を捻《ね》じ曲げてしまって本来の道筋を歩んでいないこの状況、主人公たるケビンは今、何をしているのかと少し不安になってしまう。

まあ、俺がした事と言えばあくまであの二人を衝動的に助けてしまった事、ただそれだけなので、だから大きな原作ブレイクには繫《つな》がっていないと思うけど。

しかし、どうしよう。

話を戻すが、このショッピングモールはかなり広くて子供ならばちょっと親から離れてしまえば迷子になってしまいそうだ。

あるいは、現在俺が歩んでいるのは女性向けのものばかりが売られているエリアである事も大きいと思う。

男の俺にとって女性が好みそうなものはまるで興味が湧いてこないので、だからすべて同じように見えるのだ。

流石《さすが》に洋服とかをプレゼントはしないけど、その洋服にしたってどの店も同じように見えるが、きっと分かる人には全然違うように見えるのだろう。

なんにしても、何をプレゼントするべきなのだろう？

俺は紅茶ビスケットを貰ったのだから、やはりお返しにも食べ物系を選択するべきなのだろうか？

だけどやはり女性が好きな食べ物って分からないな。

例えばビスケットって見た目の割にカロリーが高いみたいだし、ダイエット中だと貰《もら》っても食べられないなんて事もありえそうだし。

……まあ、同僚に関して言うのならばむしろもっと食べて欲しいと勝手ながら思ってしまう。

あんながりがりに痩せていたらその内エネルギー不足で死んでしまいそうだ。

次郎系とか食べてもっと健康的に太って欲しい。

ちなみにですが、この世界にも名前は違うけど次郎系ラーメンはあります。

食べると体力が満タンになる代わりに速度が一定値低下するデメリットが付いている回復アイテムだった。

え、これ戦闘中に食べるんですか？

そのような事を突っ込んではいけない、ゲームではよくある事である。

話を戻そう。

さて、どうしたものか。

今のところ、候補としてはやはりお菓子を買うべきだと思っている。

お菓子だとすぐに消化出来るので残らないし、最悪気に入らなければ捨てれば良い。

更に言うのならば、お店で購入したならば下手な事がない限り「不味《まず》い」という結果は招かないだろう。

ただ、問題はどこで買えば良いのか全く分からないという事。

ブランド品？

いやでも、あからさまに高い代物を購入すると変な意味に取られるかもしれない。

更に言うのならば、俺はお菓子のブランドというものを全く知らない。

例えば、〇〇というブランドのお菓子は告白する時に良く使われる、なんて評判があったりしたら最悪だし、そうでなくてもブランド品というだけである程度高級品ってイメージが付いて回る。

そうなって来ると、やはりこんなショッピングモールで購入するのではなく普通にコンビニとかで買えるようなお菓子の方が良いのだろうか？

……気軽さで言うのならばそれもアリかもしれない。

いやでも、折角《せっかく》こうしてショッピングモールに来たというのに何も購入せずに帰るというのも勿体《もったい》ない気がする。

折角だし、あの双子のお土産でも買って帰るか？

うーん、でもそれだと本来の目的を完全に無視している訳だし……


「……ん？」


と、そんな事を考えながらどうしたものかとショッピングモールの端で立ち止まっているると、俺と同じく端の方で立ち止まって悩んでいるらしい少女――中学生くらいの年齢だろうか――が、こちらを見た途端に何やら信じられないようなものを発見してしまった、みたいな反応をした。

え、なんだ？

大前提として俺とその少女はどこかで出会った事はない。

俺の記憶力はあまり信用ならないものだが、しかし全く記憶にないタイプの少女なので俺の知り合いではないだろう。

だとしたら、俺の事を一方的に知っている可能性？

いやでも、俺は一介の社会人。

ただの一般的な会社員な訳だし、あのような少女に一方的に知られるという事態はないと思う。

例えば会社に向かっている途中、あるいは帰る途中とかでよく遭遇しているから知られているという可能性も考えたが、しかしそれなら俺だって向こうの事を知っている気がする。


結論。

俺を見てそんな反応をされる理由がまるで分からない。

首を捻《ひね》り「一体何なんだ？」と思ったが、しかしそこから更に考えてみると別に分からなくても問題ない事に気付く。

あの少女が俺を見てどのような感情を抱いたのだとしても、俺にはなんら関係のない話なのだ。

俺にとって彼女は所詮赤の他人だし、そこから知人になる必要性はまるでないのだ。

そもそもあの驚いたような反応だってもしかしたら他人の空似で驚愕《きようがく》したって可能性もある訳だし、だから俺がこの状況であれやこれやと悩む必要は全くないのだ。


ふう、と息を吐く。

そのように考えると気が楽になる。

最近、悪龍《あくりゅう》の双子が家にやってきたり、ペングィーンランドで何故《なぜ》か終盤で現れるボスキャラと戦う羽目になったりと、いろいろな事があった。

それの所為《せい》でもしかしたら臆病になっていたのかもしれない。

あるいは慎重になっていた？

どちらにせよ、あの、俺を見て驚きを見せた少女に対して異常に警戒をする必要はないだろう。

そう、あんな風になにやらこちらに近づいてきているのだとしても別に俺はいつも通り平常心で——


なんでこっちに近づいてきているの？

「その、貴方《あなた》？　わたくしに何かご用かしら？」


少女は言う。

一瞬言葉に詰まり悩んだが、しかし少女の言葉を理解すると「いや、むしろ用があるのはそっちだろ」とつっこみたくなってきた。

とはいえそれをすると間違いなくそこから会話に発展しそうなので、俺はあくまで冷静に興味なさそうにしつつ、

「いや、失礼。可愛《かわい》らしい女の子がいるなと思っただけだよ」

あくまで、紳士的に。

が、しかしその言葉で何故か彼女は表情を引き攣《つ》らせる。


「い、いえその。わたくしは女の子って呼ばれるほど若くはないのよ……」

「え」

「これでも一応お酒の味を覚えるほどには歳《とし》を重ねているつもり」

「あ、あー。それは失礼。というか、女性にわざわざ自らの年齢について喋《しゃべ》らせてしまうとは、本当に申し訳ない」

「まあ、別にわたくしも自分の年齢の事で騒ぐような事はしないわ。むしろ若いと見られ

た事は嬉《うれ》しい事だもの」

そう言って微笑《ほほえ》まれる。

しまったな、完全に俺の方が手玉に取られている。

あるいは彼女が見た目以上に大人と言うべきか。

なんにしても少女——レディと言うべきか？——は、話した感じそこまで悪い人とは思えないし、それなら警戒して逃げたりする必要はないか。

むしろなんだか話しやすそうだし、それならこれも何かの縁と思ってちょっと頼ってみたりするのもアリ、か？

「それで、貴方は何をしていたのかしら？　なにやら悩んでいたみたいだけど」

「えっと……貴方にこのような事を相談して良いのか分からないけれども、実は知人にお礼の品を渡そうと思っていたのだが、何をプレゼントすれば良いか悩んでいて」

「その相手は女性、よね。ここのエリアは明らかに女性ものが多いし——だとしたらお菓子とかの方が良いと思うわ。お菓子みたいに簡単に摘まんで消費出来るものならば女性もそこまで警戒せずに受け取れるから」

「うーん。一応そのつもりだったんだけど、女性相手にお菓子をプレゼントするならば、どのようなものが最善なのかやはり分からなくて」

「ふふっ、別に貴方の好きなモノでも良いとわたくしは思うけど……だけど、それでも悩むのならばわたくしがお手伝いして差し上げましょうか？」

「……え、良いのか？」

尋ねると彼女は「ええ、問題ないわ」と柔和な笑みを浮かべながら頷《うなず》いて来る。

「実はわたくしも暇をしていたのよ。このショッピングモールに来たのもただ単に暇潰しだったし、だからむしろこちらの方からお手伝いさせてくださいってお願いしたいくらいよ」

「そう、か」

俺は頷き、「それなら、お願いしたいかな」と言うと彼女は分かったと言わんばかりに強く頷いた。

「それなら、早速品定めを始めましょうか。女の子が好きそうなお菓子、わたくしが選んであげるわ」

「ありがとう、助かるよ」


てくてくと歩いていく彼女の背中を追いながら、俺はふと「今の俺達ってどのように見えるのだろうか？」と思った。

俺——くたびれた大人の男。

彼女——中学生くらいの女の子。

うーん、これは犯罪臭がしますね。

あるいは家族と見て貰《もら》いたいところだが……


「そういえば、貴方。名前は？」


ふと、そう言えば少女の名前を知らないなと思い、特に難しい事は考えずに尋ねる。

これで、それこそ物語で出てくる重要人物の名前が返ってきたらどうしようと尋ねた後で思ったが、しかし少女は言う。

「わたくしは――リゲル」

リゲル……知らない名前だ。

ゲームの登場人物にそのような人はいなかった筈《はず》だし――良かった。

『ネオンライト』で「わたくし」という一人称だと、セブン・クラウンの事を嫌でも思い浮かべてしまっていたのだが、どうやら違うみたいだ。

「よろしく、リゲルさん。俺の名前は、ルクスだ」

「ルクス、ね。分かったわ」

3

セブン・クラウンは悩んでいた。

いや、悩む事はむしろ彼女にとっては仕事みたいなものなので常日頃から行っている事なのだが、今は普段以上にうんうん頭を捻って悩んでいた。

状況が、すべて上手《うま》く進んでいない。

あるいは状況が複雑怪奇に訳の分からない事になっている。

それはすべてあの場所。

……ケビンが行う筈だった悪龍討伐。

リヴィアとの戦いからすべて計画が狂ってしまっていた。

悪龍はどこかへと消え去り行方不明。

そうこうしている内にもう一体の悪龍の気配もなくなり、その気配があった工場はその後すぐに廃業したため調査計画の必要性もなくなってしまった。

【十三階段】が重要な資料を残している筈もないし、行くだけ無駄だろう。

だとしたら、次に行く予定だった『リゾートエリア』に足を運ぶべきかとも思ったが、しかし計画が狂っている以上、物資もまだ足りない訳だから急ぐ事は出来ない。

レジスタンスの連中はやれ「急げ」だのやれ「日よるな」だのと言ってくるが、しかしこっちはこっちで貴方達の事を考えているのだと怒鳴りつけてやりたかった。

なんにしても、今は不本意ながら暇になってしまい、だからケビン達にはゆっくりして欲しいと伝えていたのだが——しかしペングィーンランドで【十三階段】の戦士と偶然出会い、倒されてしまった。

幸い、命を奪われる事はなく九死に一生を得た訳だが。

しかし負けてしまった事実は変わりない。

……ケビンには今以上に強くなって貰わなくてはならないだろう。


「とはいえ、これ以上はオーバーワークよわたくしも」


ずっと机にしがみついて、レジスタンスに勝利をもたらせるように計画を練り続けた。

レジスタンスの中にも社会があり、それを運営するために頭を使ってもいた。

……クレーム処理にも苦労させられた。

だから流石《さすが》に自分もちょっとくらい休むべきだ、そうでないとそのうち死んでしまう。

そのように判断した彼女は、仕事場を離れてひとまず変装。

電車に乗り込み、そしてショッピングモールへとやって来たのだった。

そこでウインドウショッピングでもしようかと、そのように思っていたのだったが。

「……」


件《くだん》の工場へと侵入して重要資料などの獲得を命じていたレジスタンス。

それは謎の警備員の謎の技によって阻止されてしまった。

その男の特徴をそれぞれ相対した者達から聞き出し、似顔絵を描かせていた。

……その似顔絵とそっくりな男が、目の前にいるのだが。


無論、他人の空似の可能性は十二分にある。

まさかこんな場所で偶然そんな重要人物と遭遇するなんて、そんな奇跡的な事が起こる筈がない。

しかしその疲れ切った顔を見れば見るほど、それは似顔絵に合致しているようだった。


「はぁ……」


嘆息する。

ここで、真っ先に情報を得る為《ため》に行動を始めようとするのが職業病だなと思いつつ。

セブン・クラウンは男のところへと歩いていき、警戒されないよう出来るだけ自然な笑みを浮かべながら話しかける。

「その、貴方《あなた》？　わたくしに何かご用かしら？」

4

リゲルさんから聞いた話はとても参考になった。

同じ女性だからこそ言える事だろうが、だからこそ男の俺にとってはすべてが意外でまるで宇宙人の考えのように聞こえた。

「女の子は思った以上に可愛《かわい》らしいものが好きよ」

「だからゴツゴツしているものよりも丸みを帯びているものの方がプレゼントに適している」

「これは別にゴツゴツしているものが好きな女の子の事を否定している訳ではないわ」

「ただ、リスクの問題ね」

「そういう『格好良い』ものが好きな女の子より、可愛らしいものが好きな女の子の方が多い筈だもの」

「あと、意外とちょっとした事で幻滅しちゃうってのもあるから冒険はしない方が良いわね」

「珍しいものをプレゼントしたい気持ちは分かるけれど、それで嫌われるのはもっとイヤでしょう?」

「だからこういうプレゼントには王道」

「みんなが好きそうなものを選ぶのが一番よ」


そんなこんなでいろいろとお店を梯子《はしご》したのち。

俺が購入したのは宝石糖。

キラキラと可愛らしい、丸みを帯びた宝石みたいな見た目をした、甘い砂糖の塊。

女の子に人気らしいし、実際ネットで調べてみると女の子に渡すプレゼントとして紹介されていた。

リゲルさんからもおすすめされたので、十中八九これを渡して間違いに発展する事はないだろう。

「ありがとう、リゲルさん。ここまでいろいろと熱心に助言して、買い物に付き合ってくれて」

「いいえ、大丈夫。女の子に変なプレゼントをして嫌われる男の子が現れない方がずっと重要だもの」

「それもそうだな」

「えっと、その……少し気になったのだけど、それを渡す相手はどのような人なの？」

遠慮がちに尋ねてくる彼女に俺は「職場の同僚だよ」と答える。

「仕事のお礼として手作りのお菓子を貰っちゃって。それで今回は普段のお礼も兼ねてプレゼントを渡せれば良いなって思ってたんだ」

「なるほど。ところでその仕事っていうのは……？」

「うーん、強いて言うならばＩＴ系？」

「ふぅん」

と頷《うなず》きつつもどこか上の空なご様子。

なんだろう、どこか納得していないようだけど――

と、次の瞬間だった。

ドォン!!!!!!!!

「……っ」

「……え?」

ショッピングモールのどこかから巨大な爆発音。
次いで、ショッピングモール全体から悲鳴が上がる。
混乱した人々が爆発音から遠ざかろうと駆け出し、一瞬にしてショッピングモール内は恐慌によって支配された。

「な、にが」

あからさまに狼狽《うろた》えているリゲルさんの肩に触れると彼女は一瞬びくりと身体を震わせた後、俺の事を見上げてくる。

「リゲルさん、何が起きたのかは分からないが、今はとりあえず逃げよう」
「え、ぁ――わたくしは」
「……失礼」

どうやら状況が理解出来ていない彼女の理性が元に戻るのを待ってはいられないと判断した俺は、彼女をお姫様抱っこしてそのままその場から爆発音がした方向から遠ざかるように走り出した。

「え、きゃあ！」

「ごめん、口は閉じていてくれ」

見た目通りの軽い身体。

しかし決して不健康な瘦せ方をしているのではなく、ただ無駄な肉を落としただけといった感じの瘦せ方をしている。

イメージ的にはスポーツ選手やアスリートのそれに近い。

もしかして実は運動とかやっているタイプなのだろうか？

……っと、そんな事を考えている暇はないな。

今は兎《と》に角《かく》逃げる事を優先しよう。

ここで俺が主人公とかならば、爆発の原因を調べて問題の原因を取り除いたり、これが人為的に引き起こされたものならば原因となった者と戦ったりするのだろうがしかし残念ながら俺はただのモブ。

言い方を変えるのならば主人公や正義のヒーローに守られるべき一般市民である。

だから普通に逃げるべきだし、面倒事には首を突っ込んではならない。

もう、主要人物とかを拾ったり持ち帰ったりは絶対にしないぞ。


そのように覚悟を決めながらリゲルさんを抱えてショッピングモール内を疾走する。

そのままこの危険なショッピングモールから逃げ出せるとそのように思っていた俺だったが、しかし状況は俺が思っていた以上に複雑怪奇な方向へと逸《そ》れていく。


「おい、あそこだ！」

「捕まえろっ」


なんか、俺の方向に謎の武装集団が走って来るのだが。

もしかして俺の行く先に何か用があるのかと思ったが、明らかに俺に対して敵意を向けているので間違いなく俺が目当てだ。

なんだ、何が目的だ？

俺、何も悪い事なんかしてないぞ。

むしろ俺と同じ一般市民であるリゲルさんを助けているだけで、善良な一般市民のような振る舞いをしている筈《はず》だぞ。

しかしながら状況は更に悪化していく。

いや、不思議な事は一切起きていない。

ただ、追いかけっこの鬼が純粋に増えただけである。


「捕まえろっ」


振り返る余裕がまるでないので実際の人数は分からないが、足音からして10人くらいは後ろにいる。

銃火器を持っていたら間違いなくそのままハチの巣になっているであろうが、今のところ魔法すら使ってこない辺り、遠距離攻撃の手段を持っていないようだ。

ただ、彼等《ら》が爆発物を所持していたのは間違いないし、だから用心するに越した事はない。

しかし、このまま逃げ切れるだろうか？

そもそもこちらは、言い方が悪いけど人一人分の重しを持ったまま逃げている状況である。

この状況で安全圏まで逃げ切れるのかは正直微妙なラインだし、だとしたらここは普通に応戦した方が良いのだろうか？

……偶然遭遇したテロリストと戦う。

割と中二病の頃に妄想しがちな展開ではあるが、実際にその状況に身を置いてみると人から夥《おびただ》しい量の殺気をぶつけられるのは素直に怖い。

普通に、逃げ出したい。

いやまあ、逃げているんだけど、そうじゃなくてさっさと日常に戻りたい。

その為《ため》には——まずはこの状況を何とかしなくては。

「空気を『圧する』」

立ち止まり、振り返って魔法を発動。

とはいえ魔法剣を呼び出していない状況なのでそこまで強力な効果は生み出せない。

……空間の大気を『斬る』事により小さな真空を生み出す。

そこに空気が流れ込む事によって空気の流れを作り出し、それを利用する事によって追跡者達の足を乱す。

どうやら固まって移動していたようで、一人が転んだら次々と団子のように転んでいく。

中にはそれを免れた者もいたようだが、しかし追跡者の数は確実に減ったし、免れた者も驚きの余り足が竦《すく》んでいる。

その隙を逃す訳にはいかない。

「帳《とばり》を『落とす』」

目の前の空間の光を『斬る』事により、目の前の追跡者達がいる場所がすべて暗闇になる。

完全に視界が奪われた事など経験した事がない者達は、それだけで大混乱に陥る事だろう。

「よし」

俺は踵《きびす》を返し、再び逃走を開始する。

この場に留《とど》まる理由はないし、さっさととんずらさせて貰《もら》うとしよう。

5

恐るべき力だった。


そのどこか枯れたような、如何《いか》にも疲れ切ったサラリーマンのような顔立ちとは裏腹にその肉体は屈強そのもの。

正確に言うのならば、無駄な筋肉がついてはいない代わりに必要最低限の筋肉だけが搭載されている肉体。

一体どのような過酷な鍛錬をすればこのような肉体が出来上がるというのだろうか？

それを想像するのも恐ろしい。

そしてそれは、セブンを抱きかかえたまま逃走をする際に十二分に発揮される事となる。

……どうやらレジスタンスの一部が暴走を起こしテロ行為を行ったらしい事はひとまず置いておく事にする。

彼等から逃げる際に彼は自分を抱きかかえたまま走る事となった訳だが、まるで人間一人を抱きかかえているとは思えないほどの素早さだった。

明らかに非日常を生きているとしか思えない機敏さ。

そもそもあのような爆発音を突然聞く事になって冷静でいられない方が普通なのに、この男はまるでそれを一つの小さな問題のように扱い、対処しようとしている。

こうしてただの一般人だと判断したセブンを守る為に、極めて冷静に状況を判断し、逃げ出していた。

そして、すぐに今の状態だと最終的には捕まってしまうと判断したのか――その判断すらも冷静で素早く、何より的確だった――追跡者であるレジスタンスの者達と戦う事を選択した。

慣性をまるで感じていないように一瞬でその場で立ち止まって振り返り。

「××××」


何かを口にしていた。

恐らくは魔法のコマンド——呪文。

そして次の瞬間、追跡者達はバランスを崩してその場に倒れ込んでいた。

中には辛うじてそれを免れた者もいたが、それでも突然仲間達が倒れた事に驚愕《きょうがく》し、立ち止まらざるを得なかった様子。


そして、次の瞬間。

「××××」


目の前が真っ暗になった。

比喩ではない。

目の前の空間が暗闇一色になったのだ。

……自分もレジスタンスで活動する為にある程度の魔法の知識はあった筈だが、しかしこのような現象を起こす為にどのような魔法を使ったのか、まるで分からなかった。

その理解不能な魔法。

それを当然のように使ったこの男は、そのまま逃走を再開。

そして安全圏まで逃げ切ったところで、セブンは解放され地面に足を着ける事となった。


(本当に……何者なの？)


ただの一般人でないのは間違いない。

そもそもそれはあの工場で姿を現しレジスタンスを邪魔したところからも分かっている。

では、やはり【十三階段】の仲間？

しかし、あの状況下で自分を見捨てずに逃げ出すような事を【十三階段】の者が果たしてするだろうか？

……分からない。

自分の知らない第三勢力なのか、はたまた【十三階段】の中でもたまたま正義感の強い者だったのか。

どちらにせよ、だ。

「ありがとうございます、ルクスさん」

ここは、普通にテロに巻き込まれて恐怖した一般人のふりをする。

そして出来るだけ情報を引き出していこう。


「その……まるであのような緊急事態に慣れているようだったけど」

「え。いやいや、別にあんな事に慣れてはいないし、慣れたくもないよ」

「だけど、わたくしの眼《め》には緊迫した状況での対処法をまるで熟知しているかのように見えたけど」

「それに関しては、ただあいつらが普通に弱かっただけだよ。俺のような一般人でも何とか出来てしまうほどにね」

なるほど、あくまでしらばっくれるつもりらしい。

……ここで更に食い下がると逆に怪しまれる可能性もあるので、「なるほど、凄《すご》い」と驚いて見せる事にする。

残念だが、諦めは重要だ。

強欲になって虎の尾を踏む訳にもいかないし。

「それよりも」

と、顔色は変えないまま残念がっていると、ルクスは如何《いか》にも感心したようにこちらを見てくる。

「リゲルさんこそ、あの状況でパニックにならずにいたのは凄いと思うよ。あそこで暴れられたりしたらもっと大変だったと思うし、凄く助かった」

「あ、あー」

マズイ、もしかして怪しまれたか？

たらりと頰《ほお》に冷たい汗を流しながら、セブンは慎重に言葉を選びつつ答える。

「そ、その。お、お父さんに常に冷静でいろと、教え込まれていたから」

6

とりあえず安全圏であろうショッピングモールの外までやって来て、俺は彼女に一つ提案する事にした。

父親から冷静でいろと教えられていたとはいえ怖くなかった筈《はず》がない。

きっと怖かっただろう、心に不安を抱えているだろう。

そのように思った俺は彼女に「その……疲れたらお腹《なか》が空《す》いたし何か食べに行かないか？　俺が奢《おご》るよ」と提案する事にする。

何事も疲れたらご飯を食べるのが一番だ。

甘いモノならなお良い。

「え、えっとぉ……わ、わたくしぃ、やっぱちょっと怖くて、だから貴方《あなた》ともう少し一緒にいたい、かなぁ？」

どうやら俺の予想は間違っていないようだ。

ほら、実際彼女の表情はどこか引き攣《つ》っているし、凄く怖かったのだろう。

「それなら、一緒にご飯を食べに行こう」

そのように提案してみると彼女はどこか難しい表情をする。

しかしすぐに表情を明るくして、「ありがとう、ございます」とこちらの提案に賛同してくれた。

良かった、彼女には買い物で手伝って貰った恩もあるし、この際だからそれなりに良い店で食事をするとしよう。

「あ、っと。すみません、ちょっとわたくしの、あー。家族にちょっと連絡しても良いかしら。もしかしたら心配しているかもしれないし」

「分かった、待ってるよ」

と、彼女は一度俺から離れてスマホを取り出し、どこかへと電話をし始めた。

何やらぼそぼそとこちらに聞こえない声量で話していて、具体的な話の内容は分からないが時折、

「バカッ、だから一般人を巻き込むのはどんな大義名分があってもやってはいけないと言っているでしょっ」

みたいな言葉が聞こえてくるが、しかし何か問題でもあったのだろうか？

聞こえてくる言葉から察するに、電話の相手はどうやら人に迷惑を掛けがちな問題児なのは間違いないが、家族と言っていたし兄弟か何かなのだろうか？

「すみません、お待たせしちゃって」

「いえいえ。それじゃあ行こうか」

しばらくして電話を切り上げて戻って来たので、俺は彼女を連れてレストランへと向か

う事にする。

ショッピングモール付近のレストランのうち、有名で美味《おい》しいと評判な店はある程度熟知している。

そういう店は基本的に人で溢《あふ》れかえっている場合が多いが、しかし運が良い事に席が空いている店が一つだけ残っていた。

どうやらイタリア料理系統のレストラン（無論イタリアとは表記はされていない、あくまでイタリア料理を多く扱っている店だ）のようで、早速俺はボロネーゼを頼み、そしてリゲルさんはボンゴレビアンコを注文していた。

「そのぉ、ルクスさんは何か運動とかをしているのですか？」

と、料理が運ばれてくるのを待っている間にリゲルさんが唐突に尋ねて来た。

質問の意味が分からず首を傾《かし》げていると、彼女は「その、先ほどわたくしを抱きかかえたまましっかりと走っていたので」と付け加えた。

「成人男性でも、人一人抱えたまま走るのはやはり身体を鍛えていないと難しい、でしょう？」

「それは、あー……信じて貰《もら》えないかもしれないけど、体質、かな？」

「体質？」

「魔法の反作用というか副作用というか、兎《と》に角《かく》、俺の肉体は運動とかしなくてもある程度万全な状態に保たれている、らしい」

「それは、わたくしとしては羨ましいわ。それが本当ならば、どれだけ食事をしても太ったりしないのでしょ？」

「うん、その。どれだけ無茶《むちゃ》な仕事をしても過労死したりしない……」

肩を落とす俺の様子を見て何かを察したのか、彼女は「そ、そう言えば」と話題を変える。

「女性にプレゼントと言っていたけど、具体的にどのような知人なのかしら？」

「本当にあくまで職場の同僚だよ。同じチームの仲間とも言う」

「チーム」

「俺よりずっと仕事が出来て、俺よりずっと頼りになる、俺よりずっと凄い人だよ。いやまあ、俺はただの木っ端な人員だから、上なんてそれこそ山ほどいるんだけどな」

「そ、そんな人がいるのね……」


何やら慄《おのの》いているが、ちょうどその時料理が運ばれてくる。

俺達はフォークを持ち、ひとまず食事を始める事にする。

挽肉《ひきにく》の旨味がたっぷり引き出されたソースがスパゲッティに絡む。

固さもちょうど良いし、評判が良いのも納得の味だ。


「美味しいわね……っと」

と、そこで彼女のスマホが鳴ったらしく、「失礼」と電話を取ると「今、取り込み中だからまた後にして」と一方的に電話を切るのだった。


「えっと、それで。何の話をしていたんだっけ？」

「新しい話題にして欲しいような話題を話してた」

「つまり仕事の話題ね」

「出来れば違う話題にして欲しいのだが……っと」

今度は俺のスマホがぶるると振動した。

一体誰からだろうと思い画面を見ると、リヴィアからの連絡だった。

何かあったのだろうかと思い、ひとまずリゲルさんに「失礼、出ますね」と断ってから電話を取ってみる事にする。


「もしもし――」

『お兄さん、早く帰ってきてくれると嬉《うれ》しいわ』


どこか緊迫した声色のリヴィアの言葉。

先ほどのテロ騒動の後だったのでもしかしたら彼女のところでも何かがあったのかと表情を厳しくするが、彼女の次の言葉を聞き脱力する。

『タナトスが、お兄さんが早く帰ってこないと駄々《だだ》をこねて五月蝿《うるさ》いのよ。黙らせるのも面倒臭いし、早く帰ってきてくれないかしら？』

「黙らせられないのか？」

『七発は殴らないといけないけど』

「……まず暴力に頼ろうとするのは止めようか」

『暴力はすべてを解決する万能ツールだと思っているのだけど』

「一理あるけど我慢しろ、早く帰るから」

『了解、分かったわ』


電話を切る。

どうやら早く帰らないと連中、というか主にタナトスの方が問題を起こしそうなので、仕方がないのでひとまずここで帰る事にする。

「すみません、家族が早く帰ってこいって連絡を寄越《よこ》してきて」

「あー、それならすぐに帰った方が良いわ。家族は何より大事にするべきだもの」

どこか真剣な表情でそう諭してくる彼女に「ありがとう」と感謝を告げ、俺は荷物を持ってレストランを出る。

道を小走りで移動しながら、そう言えばあの爆発を起こした武装集団は一体どこ所属のものなのだろうと首を捻《ひね》った。

レジスタンスかはたまた【十三階段】か。

【十三階段】がわざわざ街を破壊するとは思えないし、だとするとレジスタンスか。

レジスタンスは原作でも度々暴走をして人々に迷惑をかけ、その度にリーダーであるセブンちゃんが頭を抱えていたけど、彼女は今何をしているのだろう？

まあ、胃に穴が開くレベルで疲れていそうなのは間違いないな、うん。

なんか親近感が湧くし、立場が立場ならば手伝って上げたいと思う。

とはいえ、俺はただの一般人。

俺みたいな人間がセブンちゃんと出会ったところで出来る事はないだろう。

7

「まあ、そもそも原作に合流したりするのは危険だからやろうとは思わないけどね」

「はあ……」

セブンは何度目か分からない溜息《ためいき》を吐《つ》く。

結局、謎の男ルクスはどこかへといなくなり、そして一人残された彼女はつるつるとボンゴレビアンコを食しながら物思いに耽《ふけ》っていた。

（結局のところ、彼は何者なのか）

どこかのチームに所属していて、そして彼はそのどこかの組織に酷使されている。

それは【十三階段】ではない。

何故《なぜ》なら彼は、あの悪龍《あくりゆう》を連れ去っていったのだから。

しかし、レジスタンスは今の今まで彼の事を知らなかったし、第三勢力となる組織が存在する事も知らなかった。

最近、新しく出来た集団なのだろうか？

出来る事なら敵対はしたくない。

彼のような強力な存在がただの一つの兵士として扱われているような恐るべき集団とは、出来るだけ友好的な関係を結びたい。

そしてその事に彼は少なからず辟易《へきえき》していたのも確かだ。

……自ら率先して協力していないのはある意味僥倖《ぎょうこう》と言うべきだろうか？

もしかしたら、こちらが十分な条件を提示したら彼は率先して協力をしてくれるかもしれない。

あのような強力な兵士が仲間になってくれるのならば百人力だ。

きっと自分達の活動も有利に進められるようになるだろう。

少なくとも、彼に妨害される危険性がなくなるだけでも十分過ぎる。

「……」

とはいえ、だ。

現状、彼の正体は最後まで分からなかった。

一体どのような魔法を使っているのか。

どうやら彼の肉体にすら影響を及ぼす魔法らしい。

目の前の空間を一瞬に真っ暗にするような魔法がどうして肉体に影響を及ぼすのか、その因果は分からない。

なんにしても、ルクスという男は無視するにはあまりにも存在感があり過ぎる。

今後、彼や彼の所属している組織がレジスタンスの前に現れる事も考え、行動をしなくてはならない。

……存在の見えない敵。

まるで雲を摑《つか》むような話だ。

だけど自分はレジスタンスの、便宜上のリーダーなのだから。

セブン・クラウンは立ち止まる訳にはいかない。

だから、

「おいし」

ひとまず今は、このボンゴレビアンコを食べ切ろう。

……思った以上に量が多いな。

4　話を聞かない人、楽しむヒト

1

『状況は極めて混沌《こんとん》のそれね』

テレビのスピーカーが他人事のように呟《つぶや》く。

『たった一つの未知数が代入されただけで私が観測した【物語】は現状跡形もなく泡のように消えてなくなった。そして、今もなお未知数が存在している以上、元の状態に戻すという行為自体に意味がない』

自らが想定していたすべてが台無しにされたと少女は言う。

しかしそれでも彼女はあくまで楽しげだった。

無機質な言葉からは、どうしようもない程の愉悦を感じる事が出来た。

『定数、変数、そして未知数。観測者たる私としてはこの大嵐のように渦巻き混乱するこの世界がどのようになっていくのか、それを「視《み》る」のが楽しくて仕方がない。とはいえ変数はあくまで変数である以上、仮に【物語】に私という終点があるとしてもその行動は極めて読みづらい』

儘《まま》ならないものね。

少女は言う。

『とはいえ、これらの可能性がどのような結論に帰結するのかは現状不明であったとしても、それが私にとって有益な結果をもたらしてくれる事は間違いない――で、ある以上。私はあくまで観測を続ける。観測を続けましょう。ねえ、ルイン？』

ざざ、とテレビ画面にノイズが走る。

同意を求める少女の言葉に、しかし返答はない。

その事に対し、少女は大して驚きを見せはしなかった。

ただ、つまらなそうに呟く。

『全く、話を最後まで聞かない人ね、ルイン……貴方《あなた》の定数としての在り方はその愚直なまでの私への忠誠心。あるいは私のためなら私にすら牙を剝《む》く事を厭《いと》わないその愚かさを私は評価していたのだけど』

はあ、と不愉快そうに息を吐く。

『とはいえ、貴方という駒が未知数と触れ合った時、どのような変化が訪れるのかは、見ものね』

2

「あ、しまった」

食事が終わって一服しようとしていたところ、リヴィアが冷蔵庫を見て「うーん」と唸《うな》っていた。

どうしたのかと思い冷蔵庫の中を見ると、何故彼女がそんな風に頭を抱えそうになっていたのかがすぐに分かった。

「牛乳がもうないな」

「うーん、牛乳のない朝食というのは果たして朝食と言えるのかしら」

「牛乳がなければ紅茶を飲めば良いんじゃないですかねー？」

「生憎《あいにく》とそんな優雅な朝食は私の眼《め》が黒い内はさせないわよ」

「青いじゃないですかぁ」

「揚げ足取りをする暇があったら買い物に行って……いや、露骨にそんな嫌そうな表情をしなくても」

「ちょっとコンビニにはいい思い出がなくてですねー」

「……トレカを買って大爆死したのは単に貴方の運が悪かっただけでしょうが」

なんか知らない間に謎のやりとりが行われていたらしく、それに関してもちょっと気になったが、兎《と》に角《かく》今は牛乳がない事の方が大切だ。

正直なところ、俺も面倒だった。

しかしご飯を作って貰《もら》っているのだし、それにコンビニも近いのだから買い物ぐらい行って来てやろう。

「じゃ、行ってくる」

「安いお菓子ならば買ってきて良いわよ」

「そんな子供じゃあるまいし」

「じゃあ、カツアゲ太郎買ってきてくださいー」

「その口を拳で黙らせて上げようかしら？」

とりあえず部屋から出てコンビニへと向かう。

夜なのでもう外は真っ暗で街灯の光が「ジジ」と小さく音を立てている。

なんて言うか、雰囲気があるな。

幽霊なんて、大人になっても怖いものだ。

俺だけかもしれないけど。

だけど魂を抜かれるとかそういう現象が実際に起こりうる可能性が高いってだけで怖がる理由としては十分な気がする。


それにしても、暗いな。

ネオンシティ、ネオン輝く大都市と表現される事も多い場所ではあるが、それでも薄暗い場所というものはゲームでも結構存在していた。

踏むとカチカチと鳴る鉄の格子、この音が好きだった。

雰囲気もぞくぞくして好きな方だったが、しかし現実になった今だとさっさと通り過ぎたいという気持ちの方が強かった。

と、そうこうしている内に目の前にキラキラと輝くコンビニの明かりが見える。

ムンサンデイズというお店で、これまたゲームでも実際に入店する事が出来た。

購入出来るものは基本的には回復アイテム、一回限りしか買えない貴重品、そして店舗限定のアイテムなんてものもあった。

ただまあ、現実のこの世界だと普通のコンビニでしかないし、店舗限定のアイテムなんてものもない。

強いて言うのならば店長が気合を入れて品揃《しなぞろ》えを充実させている場合があるが、家の近くにあるこのコンビニはそういった事はなく極めて一般的なコンビニの一つである。

てんてててーん、という入店音と共に足を踏み入れ向かうのは勿論《もちろん》牛乳が並んでいるコーナーである。

……本当ならば、コンビニで牛乳を買うというのには抵抗がある。

なにせ高い。

だからスーパーで買うのが一番なのだが、生憎と今の時間はスーパーが開いていない。

やれやれ、あらかじめ買いだめしておくべきだったかと思いつつ一番安い牛乳（いわゆる乳製品、成分調整乳ではなく生乳100パーセントの奴《やつ》である）を手に持ち、レジに並ぶ。

「いらっしゃいませ、温めますか？」

……牛乳は普通温めないが。

茶髪の少年、いや、青年か？

結構なイケメンだが表情が硬い。

営業スマイルは浮かべているものの、何となく無理している感があった。

なんだろう、アルバイトに慣れていない感じがしてとても共感出来る。

昔、こんな風に働いていた時期が俺にもあったなー。

それに、どこか見覚えがある気もする。

こんなイケメンならば絶対に脳に焼き付きそうというのはその通りだが、それ以上になんか琴線に触れているというか、魂が何かを思い出そうとしている。

うーん、なんだろう。

同級生って事はないだろうし。

茶髪というと一瞬この世界の主人公、ケビンの事を思い出すけれども、まさか主人公がこんな近所でアルバイトしている訳はないしなー。

それに彼はどんな時でもあの謎鎧《よろい》を装着させられていた。

対し、目の前の彼は普通にアルバイトの制服を着ている。

だからまあ、俺は目の前のアルバイターが主人公であるという妄想を振り払い、返答を待っている彼に対し「いえ、大丈夫です」と答えた。


「レジ袋は」

「いりません」

「ポイントカードはお持ちでしょうか」

「ないです」


と、ある意味定番のやり取りをした後、俺は指示通り画面を操作して電子マネーで購入を完了させる。


「ありがとうございました」

「うん、こちらこそありがとう。頑張って」

「……？」

こてん、と首を傾《かし》げる彼。

「……頑張って？」

「あ、っと。失礼、アルバイト大変だろうと思っていろいろと面倒事も多いだろうけど、頑張って欲しいなと」

「……大変？」


なんか話が噛《か》み合ってない感。

もしかして彼、既に心を失い面倒な客に対しても無感情で対処出来るようになってしまった悲しきアルバイターだったりするのだろうか？

ええ、若いのに。

仕事は確かにお金を稼ぐ手段として大切だけど、だけど本当に重要なのは稼いだお金で何をするかだ。

……それを実際に実行出来ていない俺が言うのもなんだけど。

とはいえ、である。

「お客様は神様って言葉もあるけれど、基本的に荒れた神というのは悪霊の類だから逃げる、あるいは然るべき手段を取るのも一つの手だと思うので。あー、お節介だとは思うけど、兎に角あまり感情移入せずにほどほどにやれば良いと思うよ——ごめん、こういうのも面倒なお説教だから申し訳ないけど」

「……いえ」


と、彼は首を横に振って。

それからぎこちなく笑顔を向けてくれる。


「貴方《あなた》が俺の事を慮《おもんぱか》って言ってくれている事は理解出来ました。その、ありがとうございます——この言葉はマニュアルではなく、俺の心が言いたいと思っているから、言っているのだと思う」

「うん、ああ」

「……」

「……」

「……それじゃあ」

「ええ」

と、彼は改めて俺に対して頭を下げて来た。

「ありがとう、ございました。またのご来店をお待ちしております」

3

そもそも彼、ケビンがこの場所でアルバイトをしているのは言ってしまえば暇だったからだ。

指示も指令もなく、そして何かやるというモチベーションもない。

だから仲間からの助言によって彼はコンビニのアルバイトを始めた訳だが。

……いや、情操教育の為《ため》にコンビニのアルバイトってかなりハードだなと、その話をルクスが聞けば心からそうつっこむだろうが。

ケビンは先ほどの男、つまりルクスについて考える。

不思議な男なのは間違いない。

赤の他人、それこそ今日会ったばかりの他人でしかない相手に対して親身に話しかけてきて、そう、お節介な言葉を告げて来た。

まるで、そうする事が当たり前であるかのように。

しかしそれに一体何の意味があるのだろう？

赤の他人にそんな事をしたところで何の価値もない。

価値のない事をする意味はない。

それは極めて当たり前の事だ。


あるいは、そう——

もしかしたら、これこそが人間の善性、なのだろうか？

ケビンは思考する。

人の善性。

それはきっと、自分が獲得するべき性質だろう。

ケビンは思考する。

彼はアルバイトを通じて人の心を学ぼうと思っていた。

失敗だったと思った。

怒鳴って来る客、無言で催促してくる客、盗みを働こうとする者もいた。

そんな、人間の悪性ばかりを見てきた。

ただ、それ以上に人間は他人に対して無関心だったのだ。

ケビンが困っていても、そして同じく客という立場の者が困っていても、それに対して何らかのアクションを起こす者は稀《まれ》で。

だから、それが普通の事だと考え始めていた。

だけど。


「……」

あんな風に自身の事を慮り、声を掛けてくれた事。

それは、とても嬉《うれ》しかった。
うん、嬉しいと思ったのだ。
たとえそれが彼にとっては些細《ささい》な事だったのだとしても、確かに彼の言葉で少しだけ心が軽くなったのは事実なのである。
だから。

人の善性、それをもう少しだけ信じたいな、と。

そんな風に、主人公は思ったのだった。

【ケビンは絆《きずな》ポイントを10獲得した！】

4

「おい、貴様」

流石《さすが》に絶句せざるを得なかった。

いきなり「おい、貴様」と声を掛けられたからではない。

人気のない運動公園を近道のつもりで突っ切ろうとした時、いきなり人が現れたからでもない。

目の前にいる男。

いや、より正確に言うのならば。

男＋背後に侍《はべ》らせている三体の甲冑《かっちゅう》姿の傀儡《くぐつ》。

……三体には名前がついていて、それぞれベガ、デネブ、アルタイル。

夏の大三角形の名前が付いているそれにはそれぞれ役割がある。

ベガは剣を持ち、それを用いて攻撃を行う。

純粋に斬りかかってきたり、斬撃を飛ばして遠距離攻撃を行ったりする事も出来る。

デネブは盾を持ち、それを用いて防御を行う。

いわゆるオートガードであり、どこにいてもどこからともなく現れて攻撃を防いでくる。

アルタイルは杖《つえ》を持ち、それを用いて魔法を行う。

基本的にバフをばら撒《ま》き、他二体の傀儡を強化したり男本人も強くする。


そして、男。

その人もまた、強力だ。

聖剣の対となる存在である魔法剣、魔剣を操る彼は三体の傀儡がいなくても十分に強い。

ゲームでは三体の傀儡を倒したら強力なバフが掛かるような仕様になっていたので、同時にそれらを倒す事を強いられる事となった。


ルイン。

主人公と何度も戦う事となり、かつ最終ステージのボスキャラとしても登場する【十三階段】の幹部。

「……」

目の前の、ルイン。
何故《なぜ》か知らないけど、明らかに最終ステージのボス戦仕様なんですが。

え、なんで？
なんでいきなり殺意マシマシで俺の事を睨んでいるんですか？
いや、ていうか状況がいきなり過ぎる。
いきなり野生のボスキャラが現れるとかゲームジャンルがぶっ壊れるんだが？

「死ね」

え、ボスキャラみたいに戦い前の長ったらしい前口上はなしっすか？

「行け、我が傀儡」

どうやらなしの方向で行くらしい。

5

「傀儡を『潰す』」

とりあえず、あの厄介そうな傀儡達を倒すところから始めるべきだと判断した俺は、魔法剣を取り出して振るい、ひとまず目の前にいた剣を持っている傀儡、ベガに対して魔法を発動する。

一瞬にして両断されてバラバラになったベガは光の粒子となって空間に溶けていくかと思われたが、しかし次の瞬間には当たり前のようにルインの隣に現れ剣をこちらに向けていた。

ゲームの仕様と異なり、どうやら普通に倒してもまた現れるようになっているらしい。

「……ふん、その力は流石と言わざるを得ないか。しかしだからと言ってその力をそのまま勝手気ままに使われていたら、我が女王の邪魔にしかならない」

「え……いや。別に邪魔するつもりはないし、貴方《あなた》達の好き勝手にしてくれと常日頃から思っているのですが」


まあ、原作を間近で見てみたいとは思っていたが。

それによって引き起こされる原作のズレの方が恐ろしい。

下手すればバッドエンド直行な可能性だってある訳だし、だから俺は自ら率先して彼等《ら》に関わろうとは思っていないのだ。


「貴様は存在自体が危険だ。故にここで死んで貰《もら》う」


しかし、それでも彼からの殺気は消えてなくならない。

どうやら俺の事を不安要素として排除したいらしいが、しかしそこまで彼に危険だと思われる理由が分からない。

確かに俺は件《くだん》の悪龍《あくりゅう》を拾ってきて保護した訳だが、現状、原作に関わった事と言えばそれとペングィーンランドでボスキャラと一戦交えたくらいだ。

それで原作が大幅に変化するとは思えないし。

だとしたら、俺が気づいていないだけで俺の事を危険だと判断する何かを彼は知っている、という事か？

な、なんだろう。

一応俺は一般人のつもりだし、最近何か悪い事をした覚えはないんだけど……

……

……！

ま、まさか。

お、俺が会社に黙ってアルバイトをしていた事とかか⁉

バレたら一発でクビ確定な事を平気な顔をしてやっていたのを危険だと思われたのか？

それでやった事と言えば、アルバイト先でこっそりと悪龍を持ち帰って来た事なのだから、確かにそれを考えるとヤバいと思われるのは仕方がないかもしれない。

だとすると、完全に自業自得じゃん。

そして同時に、こちらとしても奴《やつ》を放置しておく訳にもいかなくなった。

このまま行くと、奴は俺の勤めている会社にその事をチクって、俺の破滅を招くかもしれない。

この時期に、このタイミングで無職になったらいろいろと終わる。

そうならない為《ため》にも、奴は生かして帰せない――まではいかないけど、とりあえず黙っている事を約束して貰わないと。

「ふん、今更自らがやらかした事に気付いたのか？」

と、挑発的にルインが言う。

「だがもう遅い。自らの罪を悔いながら死ぬが良い」

俺は苦虫を噛《か》み潰《つぶ》したような表情をしつつ答える。

「悪いがここで終わる訳にはいかない。俺は明日も生きたいからな」

「不愉快だ、貴様は生きているだけで他人に迷惑をかける。生きている事そのものが罪だというのを理解出来ないのか？」

職場に隠してアルバイトしただけでそこまで言われないといけないのか？

「っ、俺だって別に好きであんな事をした訳じゃないさ。それでもこのネオンシティで生きる為には、仕方ない事だった」

「ならば、ここで疾《と》く逝くが良い。貴様の【物語】はここで終わる」

彼のその言葉が合図だったかのように、傀儡達が一斉に襲い掛かって来る。

三体の傀儡。

一体が剣でこちらに襲い掛かり、一体は盾でルインを守護し、そして一体はそれらを魔法で強化する。

圧倒的な盤石加減。

突き崩す隙はまるでない。

その隙の無い有様こそが彼が最終エリアで主人公を待ち構えるボスたる所以《ゆえん》である訳だが、とはいえこちらも引き下がる訳にはいかない。

ここで逃げたら、最悪職場にアルバイトの事をチクられる。

そうなったらおしまいだ。

故に——ひとまずは奴と対等に話し合える状況を作ろう。

差し当たって、

「時から『外れる』」


剣が俺の身体を通り抜ける。

大振りでかつ俺に直撃する事を確信したような挙動をしていた傀儡は俺に無防備な姿を

見せる。

そこに魔法剣の一撃をぶつけそれを撃退するが、しかし次の瞬間には新しく剣を持った傀儡がルインの隣に現れる。


「無駄だ」


しかし剣の傀儡だけでは俺を倒す事は出来ないと判断したらしい。

ルインもまた魔剣を手に持ち、こちらに肉薄してくる。

剣の傀儡ベガと、盾の傀儡デネブに守られたルイン。

息の合ったコンビネーション――そもそも傀儡達はルインが操っているのだから息が合うもクソもないのだが――で俺に襲い掛かって来るが、それらもまた俺の身体に当たる事はない。


「時から『外れる』」

「この時間軸から消える事によって完全に攻撃をシャットアウトしているのか。しかしそれでは貴様もこちらに対して攻撃は出来まい」

攻撃が当たらない事のカラクリを一瞬で解析したあたり流石《さすが》は終盤のボスキャラって感じだが、しかしそれが分かったからと言ってルインが俺に対して攻撃を当てる術《すべ》はない。

彼の言った通り、俺は攻撃が当たる瞬間に自らの時の流れを『斬る』事によってこの世界から消えている。

それは魔法ではなくあくまで『現象』であるが故に俺に干渉する事は難しい。

それこそ俺と同じ土俵に立って初めて攻撃が当たるのだから。

まあ、俺もまたその瞬間は世界から消えているので一方的に攻撃をする事は当然出来ない。

彼に攻撃を当てる時は、一度世界に戻る事が必要不可欠なのである。

恐らくはその事もルインは分かっているだろうし、だから彼は警戒しつつも無駄な攻撃を仕掛けてはこないでじっとこちらの様子を窺《うかが》っている。

まるで刹那の瞬間を見切ろうとする達人同士の戦いだ。

そして今回の俺達は魔法という理不尽を扱えるが故にズルをし放題だった。

ルイン。

より正確に言うのならば彼の背後にいる杖《つえ》の傀儡アルタイル。

魔法に特化している傀儡がどこまでの魔法を繰り出せるのか、原作を知っている俺でも分からない。

ていうかそもそもとして原作では傀儡は一度倒したら復活しない仕様だったのにもかかわらずこうしてバンバン復活している時点で、この世界は原作におけるフレーバーテキストも適用しているのは間違いないのだ。

だから、こちらも迂闊《うかつ》に手は出せない。

しかしこのまま状況を長引かせる事は出来ず、あくまで決着を付けなくてはならない。


そして。

……その瞬間は訪れる。


「……！」

「……っ」

俺がこの世界に戻って来た事を察知したのだろう。
ルインの仕掛けた攻撃は——杖の傀儡による爆撃。
空間そのものを爆縮させる強力無比な一撃。
対し、俺がした事は単純。

「威を『分かつ』」

しかし、それでもその一撃を完全に逃がす事は出来なかった。
頬《ほお》が切れ、服が破ける。
それでも致命的なダメージには至らず、そのままルインに襲い掛かる事は可能。

「空を『堕《お》とす』」

目の前の空間そのものを、『斬る』。
それにより先ほどの爆縮と同じレベルの威力を伴った空間の揺れがルインを襲う。

「ぐ、ぁ」

その一撃は空間そのものに影響を及ぼしているが故、盾で防ぎようがない。

……それでも、その一撃を受ける前に杖の傀儡によって防御力強化の魔法を受けたのか、こちらとしては結構本気で倒すつもりで放ったのにもかかわらず、ルインはまだぴんぴんしていた。

瞳には強い殺気が宿っているし、足はふらふらしているけれども戦う意志は消えていない。

その執念は正しく戦士そのもの。

こうなると泥沼の戦いになりそうだと覚悟を決めようとした、その時だった。

『はい、そこまでよ』

『ソレ』が現れたのは。

6

それは一言で言うのならばロボットだった。

……四足歩行のロボットだ。

しかし動物的ではなくあくまで四本のアームが生えていて胴体を支えているだけであり、そしてその胴体はブラウン管のテレビのような見た目をしていた。

そのテレビの画面にはドット柄の真っ白なウサギが表示されていいて、赤い瞳をぎょろりと動かしこちらを見てくる。

……無機質だが、しかしそこには果てしない程の好奇心を感じられた。

『初めまして、ルクス。私の名前は——まあ、そこは重要ではないから後回しにしましょうか』

画面に映し出されたウサギの瞳は相変わらず無機質で、しかしそこには狂気的なまでの

好奇心が宿っていた。

『貴方《あなた》の在り方、存在定義は私の知的好奇心を刺激する』

だから、少しばかりこうやって外出して顔を出してみたの。
そんな事を嘯《うそぶ》くそのロボットに対し、俺は一つ念のために尋ねてみる事にする。

「お前は……？」

『私？』

この世界のラスボス。
女王は答える。

『私の名前は、グリム。このネオン輝く夜の街の【物語】を演算した、この世界で唯一無二である人工知能よ』

5　クライマックス、盛大に何も始まらない

1

うーん、これは流石にどうしようもないのでは？

俺の目の前で繰り広げられている有様を見、流石に途方に暮れるというか匙《さじ》を投げるというか、兎《と》に角《かく》、逃げ出したくてしょうがない現状が目の前にはあった。

女王、この世界のラスボスとして登場するキャラクター、『グリム』。

彼女——人工知能なのでそのように表現するべきかどうかは分からないが、人格は女性的なので一応そのように表現する事にする——は【十三階段】を操りネオンシティを完全なる闇に染めようとしている、まあ、分かりやすい悪役だ。

……そんな彼女が今、ルインと共にいる。

おまけにどうやら俺に対して興味を持ち、そしてこれからまさにドンパチを始めようとしているみたいなのだ。

どうして？

許してと謝れば許してくれるのだろうかと一縷《いちる》の望みに懸けて命乞いでもしてやろうかと思ったが、しかしルインはルインでグリムの忠実なるしもべだし、そしてグリムに至っては完全に俺の事をロックオンしているのでこちらの言葉を聞いてくれるとは思えない。

いやあ、融通が利かない辺りが人工知能としての未熟さを感じられますね（現実逃避）。

そんな事を言っている場合じゃねえ。

『では、始めるとしましょうか』

グリムがそう歌うように告げると、空から何やらずしんと巨大な金属の塊が飛来してくる。

なんだと思っていると、それはガシャガシャと音を立てて変形していき、そしてそれは気づけば巨大な兵装へと変化していた。

兵装。

そのように表現したそれはもう少し詳細に語るのならば『固定砲台』だろうか？

長い砲身や太い砲身、ところどころに銃弾や砲弾を吐き出すための部分が搭載されており、如何《いか》にも戦闘能力が高そうだ。

そして何より、それにはキャタピラーが搭載されている。

という事は動き回るって事っすね。

いやまあ、最初の時点で空から飛んできたので、最悪の場合ブースターみたいな推進装置を用いて飛び回る可能性もあるが。

なんにしても、明らかに過剰兵力過ぎて、これから悪龍《あくりゅう》でも討伐しに行こうとでも言いたげだった。

そんなマシンの唯一不自然なところと言えば、中央部にブラウン管のテレビが備え付けられているという事だ。

そこにはどうやら既にグリムが乗り込んでいるらしく、ウサギの赤い目がじっとこちらを見つめている。

……そんな機械仕掛けの兵装に俺は見覚えがあった。

ていうかファンブック。

あるいは、設定資料集に載っていた奴《やつ》だ。

原作では登場しなかったけど、ラストダンジョンの中ボスとして登場したかもしれないマシン……名前はちょっと忘れた。


『ルイン。期待はしないけど精々頑張ってちょうだい』

「……御意」


と、ルインは「きっ」とこちらを睨《にら》みつけてきたと思ったら近くに侍《はべ》らせていたベガとデネブの甲冑《かっちゅう》に手を突っ込んだ。

すると眩《まばゆ》い光が視界を覆い、それが晴れたと思ったらルインの立っていた場所には蒼黒《そうこく》の騎士がただ佇《たたず》んでいるのだった。

ルイン、ラストダンジョン仕様。

あるいは決戦武装。

『ネオンライト』の大ファンとしてゲームで登場しなかった設定を拾ってこられるのはとても嬉《うれ》しいのですが、その、それをこちらに向けてくるというのは止めて欲しいのですが。

『さあ、貴方の【物語】……その未知数を見せてちょうだい』


爆風。

それをまるで無視するように、ルインが爆速でこちらに斬りかかって来る。

2

『これはどうかしら』


その言葉と同時にミサイル弾が空から降り注いだ。

大地が爆風によって抉《えぐ》られるよりも前に、俺は魔法剣を振り回してそれらを『斬る』。

そうやってすべての攻撃を現状防げてはいるが、しかしその隙にルインが先ほどベガが持っていたものより豪華になった大剣を手に持ち突貫して来る。

ルインの攻撃は正しく王道。

隙を突き、肉薄し、大剣で斬りかかる。

しかしながらもう片方の手に持っている大盾で隙さえあれば殴りかかって来るというのは完全に不良仕草であった。

そして何より、このルインという男はかなり堅いようだ。

こちらに秒間何十発もの砲弾やら銃弾やらが突っ込んできているのにもかかわらず、ルインは一切ノーダメージでこちらに攻撃を仕掛けてきているからだ。

グリムが手加減している？

いや、そんな事は絶対にない。

だとしたら間違いなく、ルインの全力がグリムの兵装の火力を上回っているという事であろう。

俺が直撃したら間違いなく即死どころか肉片一つすら残らないであろう攻撃を、ルインはその身で受けきっているのだ。


……いや、俺の魔法剣の攻撃が当たれば間違いなく両断は出来るのだろう。

俺の魔法剣は文字通り『斬る』事に特化している。

とはいえそれは出来ないのだ。

何故《なぜ》なら、この場所でルインを斬ってしまえばそれこそ原作崩壊待ったなしだからである。

俺は、この『ネオンライト』の物語を壊したいとは思っていない。

……なんだかんだ敵キャラとはいえ原作キャラに会えたのは嬉しいし、こうしていろいろと話せた事も嬉しい。

嬉しかったから、その気持ちを再確認出来た。

俺は、この世界の事が好きだ――と。

それ故に俺は今すぐにでもこの状況を何とかしなくてはならないだろう。

逃げる？

いや、それは無意味だ。

追われるだろうし、そもそもグリムが本気で俺を捕捉しだしたら、その眼《め》から完全に抜け出す事は不可能である。

倒すのは無理だとして――

「……」


あれ、これつんでね？

逃げるのは無理、戦って勝つのも無理。

じゃあ、あとはどうすれば良いっていうんだ？

諦めて貰《もら》う？

グリムとルインに？

無理じゃないか、それは流石《さすが》に。

あるいは絶対に勝てないと思わせ、撤退する選択肢を取って貰うという手もあるが、しかしただのサラリーマンが二人相手にそのような圧倒的力を見せつける事なんて——


『防戦一方だと永遠に続くわよ？』


……我慢比べ、か。

一応ルインにも疲労というものはあるだろう。

しかしグリムが操る兵装に関しては次々とリロード、補給が外部から行われるだろうし、何よりグリムは前提として人工知能である。
逆に言うと、戦力差がはっきりしてしまえばすぐさま諦めてくれるとも言えるが。
『本気を出さないって言うのならば、こちらの方から盛大に幕を下ろさせて貰うわ』
と。
先ほどまでとは明らかに桁違いの量の爆発が、襲い掛かって来る。
俺は魔法剣で撃墜しようとするが、しかし流石にルインを対処しながらだと、
「あ、やべ……」
さ、流石に――

3

流石に、ヤバかったと思う。

しかしながら、今もこうして思考を続けていられるというのは即《すなわ》ち今も俺は生きているという事。

自分の命が懸かっているのでビビっていたとしても目を瞑《つぶ》ったりはしない。

だからこそ、どうして今も自分は自分の足で立っていられるのか、その理由をすぐさま理解する事が出来た。

「お兄さん、迎えに来たわよ」

リヴィアが。

「うぃーっす、王子様。助けに来ましたよぉ」

タナトスが。

俺の、助けに来てくれた。

光り輝く水の剣を両手に持つリヴィアはいつもテレビ画面の向こう側で着ていたアイドル衣装を身に纏《まと》い、そしてタナトスはいつも通りだったが頭には水で出来た王冠が載っている。

正しく――こちらもまた決戦仕様。

特に、タナトスに関しては設定資料集でしか確認する事が出来なかった幻の戦闘形態だった。

やべえ、こんな状況じゃなかったら涙が出てたかもしれん。

いや、助けに来てくれたという事にかなり心が「ぐっ」と来ている訳だが。

『へえ、リヴァイアサンがここで来る、か。これもまた未知数であり、実に興味深い』

「そういう貴方《あなた》がグリムね。随分とヘンテコな見た目をしているじゃない」

『ヘンテコとは失礼過ぎるとは思わない？　圧倒的火力を追い求めた結果がこの兵装よ、実にクールだと私は思うのだけれど』

「申し訳ないけど、芸術性は皆無ね――だからさっさとスクラップにしてやるわ」

一方、タナトスはルインに対し気だるげな視線を向けていた。

「うえ、強そうですねぇ。絶対にこちらをぬっ殺すという意志を感じますー……」

「タナトスか、まさかここで現れるとはな」

「リアルを晒《さら》す理由なんてないですが、王子様の為《ため》ですからー」

「王子様？　……なるほど、あの男はそういう」

「我々にとって大切な人ですから。私達は王子様にすべてを捧《ささ》げると決めているんですー」

「……なるほど、見えて来たぞ貴様達の正体が」

なんか双方で盛り上がっているが、しかし殺気はバチバチ飛び交っているのでこちらは言葉を挟む事も出来ない。

そして一通り気が済んだのか、グリムが言う。

『実に面白い、未知がこの世界に溢《あふ》れている。私としてはこれだけで十分だけど――ルイン。もう少し貴方をこき使うわよ』

「勿論《もちろん》です、我が女王」

がしゃり、と。
二人は臨戦態勢に入り、そして悪龍《あくりゅう》の二人もまた構えを取る。
そして言う。

「さあ、お兄さん。最後の戦いを始めましょう！」
「一緒に、頑張りましょー」

なんか知らないけど、ラストバトルが始まる予感がする。
なんだこれ？
いや、俺を置いて勝手に物語を進められても困るのですが。

「最初の海に戻りましょー」

と、タナトスが唱えると同時に世界が一変する。

そこは、海。

あるいは結界なのかもしれない。

大海の渦の中に突如として放り込まれた俺達は瞬く間に海の藻屑《もくず》になりそうになる。

俺達、というのは悪龍姉妹を除いてだ。

二人はそもそも「ここ」こそがホームグラウンドだろうし、文字通り水を得た魚のように生き生きとしている。

リヴィアの剣が煌《きら》めき、そして光の如き速度で機械の兵装へと突貫していく。

「せあっ」

しかし、流石と言うべきだろう。

俺が予想していた通り推進装置が備わっていたらしく、その巨体では無理だろうと思わず考えてしまいそうなほどの速度で移動を開始し、リヴィアの攻撃から逃げ回る。

「王子様ー」

と、そこでタナトスがこちらに話しかけて来た。

「な、なんだ？」

「私ってば今、この世界を維持するのにいっぱいいっぱいなのですよー」

「……はい」

「なので、あちらを何とかしてくだされば―」

見ると、こちらも平気な顔をして空を飛んでいるルインと目があった。

「……」

「……」

聞かないでも分かる、絶対に俺の命を狙っている。

ていうか、何なら次の瞬間こっちにロケットのような速度で突っ込んできた。

大剣でタナトスもろとも両断しようとしてきて、彼女の言う言葉が本当ならばタナトスは今何も出来ない、無防備な状態だ。

だとしたら、逃げる事は出来ない。

が、キィ!!

「……」

「……!」

剣と剣が、ぶつかり合う。
ぎちぎちと鍔迫《つばぜ》り合いする俺達を見、タナトスはきゃあきゃあ悲鳴を上げた。

「カッコいいです、王子様！」

さては結構余裕あるなこいつ？

「悪龍の飼い主よ」
「……え、ああ。俺の事？」

「貴様はこの世界で、何を成すつもりだ？」

戦闘中にする話題にしては随分とのほほんとしているなと思った。

そして俺は正しく剣によって一刀両断される、あるいは相手を一刀両断しないよう力を調整するのにいっぱいいっぱいで、だから適当な事を言うしかなかった。

「のんびり幸せに生きていける世界を作るんだよっ」

俺はそのまま力を利用してするりとルインの懐に入り、そしてその胴体に向けて鋭いパンチを食らわせる。

そしてそのまま激しい空中戦を繰り広げているリヴィアとグリムの方へと弾《はじ》き飛ばし、そしてその周囲にある水を『斬る』。

「繋《つな》がりを『断つ』！」

水分子の繋がりを切断し、瞬間的に水蒸気を作り出す。

即ち、水蒸気爆発だ。

それによってもうもうと白い煙が上がる。

やったか？

いや、やったら困るのだが。

ていうか、もしかしなくてもあの程度の爆発で傷つくような二人ではないだろ。


『ふ、ふ』

笑うグリム、その兵装の上にはルインが立ち、こちらを睨《にら》みつけてくる。

『面白いわ、面白い。実に面白いなぁ』


くつくつと愉快そうに笑う。

実に感情表現が豊かな人工知能だなと他人事のように思った。

そしてそうやってひとしきり笑っていたグリムだったが、次の瞬間笑いを止めて『そうね』と言葉に愉悦を滲《にじ》ませながら言う。

『貴方がどうやら私達をどうにかしたくないという気持ちは伝わってきていた。その真意を理解する為《ため》に戦っていたけど、どうやらその答えを簡単に教えてはくれないようね』

「……」

『ふふっ、面白い人。ええ、そういう人間はとても好きよ、私』


だから、と彼女は言う。

『面白いから、今日はここで見逃して上げるわ』


……刹那。

時空が歪《ゆが》み、その巨大な兵装とルインが纏《まと》めてそれに呑《の》み込まれる。

帰った、のだろうか。

それを確認した俺はそこでどっと疲れを感じ、思わずその場に倒れ込みそうになる。

気づけばそこは先ほどまでいた運動公園であり、リヴィアとタナトスがこちらに近づいてくるのが見えた。

「お兄さん、大丈夫、かしら？」

「あ、ああ。大丈夫だよ」

「あいつ等――いえ、それよりも今は違う事を最優先しましょう」

「違う事？」

俺の問いに対し、タナトスはにっこりと眠そうな顔で笑いながら答えた。

「家に、帰りましょう～」

エピローグ

1

『ルイン。ねえ、ルイン』

蜘蛛《くも》の巣の部屋の中央に座するブラウン管のテレビ。

そこに映し出されているウサギは相変わらず無機質で感情を一切感じさせない。

そもそも内側にあるものは感情を持たない存在であり、ただただその存在意義を出力するだけのものである。

それでもルインは自らの主が失望を感じている事を察し、しかしその事に対して無言を返答として返した。

そしてそれは彼の主にとっても想定内の事であり、だからこそつまらなそうに溜息《ためいき》を吐《つ》いた。

『まあ、そこもまた貴方《あなた》の長所であるのだけれども。貴方はとても扱い易《やす》い存在よ。貴方よりも重宝するユニットを調達する事はケビンがここに辿《たど》り着くというタイムリミットがある以上不可能。である以上、貴方をこれまで以上に使い潰すしかない』

「……ありがとうございます」

『貴方があのような振る舞いをする事は想定の内だったし、だから別に怒りはしないよ。ただまあ、私としてはもっと違う挙動をしてくれる方が嬉《うれ》しいとも思うわ――』

やれやれ、と呟《つぶや》いた後。

少女の声は続ける。

『とはいえ、ひとまず彼と彼の【物語】は小休止。ケビンに関しては現状タナトスの存在を知る術《すべ》がないゆえに自らのルーツを知る事は出来ない。その事自体は【物語】に深い影響を及ぼす事はないし、だからあの未知数が与えた変化というものは今のところ誤差みたいなもの』
「しかし、その誤差は」
『そもそも変数がある時点でズレやブレが生じる事は承知の上だもの。その変数は現状私に解析する術はなく、それ故に彼がこの場所に直接やって来る事を待つ他ない。その時、きっとケビンは私が捕食するに相応《ふさわ》しい存在へと成長しているでしょう』
「……では、あの未知数、ルクスに関しては？」

ルインの問いに、しばしスピーカーは沈黙する。
しばしの静寂が蜘蛛の巣の部屋の間に流れ、しかしすぐに女王は答えを出力する。
『現状、あの未知数が【物語】と私にどのような変化を及ぼすのかは分からない。下手するとすべてが台無しになるかもしれない。なんにせよすべてがひっくり返る可能性を秘めている以上、無視は出来ないわね』

とはいえ、と声は続ける。

『あの未知数を率先して【物語】に組み込むと私達の制御下に置き切れなくなるのも事実。だから、彼に関しては今まで通り、放置して観測するのが一番。だからルイン、手出しは無用よ』

「……分かり、ました」

深く頷《うなず》くルインに対し、声は『全く、貴方は』と呆《あき》れたように呟く。

『なかなかに複雑な心境よ。貴方には私の想定から外れた挙動をして欲しいけど、しかしそれをされると【物語】が今以上に制御不能になる。儘《まま》ならないものね』

「私は貴方を裏切りません」

『ええ、そこのところは信頼しているわ』

声は言う。

『貴方はこの世で最も無能な駒だもの』

「……ありがとうございます」

『褒めてないわよ』

2

ルインとグリムの襲撃を何とか耐えきった俺、あるいは俺達はそのまま真っすぐにタナトスの言う通り、家に帰る事にした。

途中、コンビニに立ち寄ったりとか自販機で飲み物を買ったりしたい誘惑もあったが、しかしそれでも疲労の方が勝った。

そして結局マンションの自室に辿り着き、俺は「ふー」と息をついて倒れ込むようにソファに腰を掛ける。

肉体的疲労はそこまでだが、如何《いかん》せん精神的疲労がかなりあった。

具体的に言うと、原作を本格的に崩壊させてしまうのではないかという不安で胃がキリキリと痛かった。

今日は、お腹《なか》に優しいご飯を食べよう……

「おーうーじーさーまー」

と、そこでタナトスがナメクジの如くねっとりとした動きでこちらに接近してこようとするのが見えた。

なんだその気持ち悪い動きは？

そして、その前にリヴィアがその頭にチョップを直撃させた為にタナトスは「うごご」と頭を押さえてその場で停止する事となった。

「な、なーにするんですかぁ？」

「すとーん！」と勢いよく突き刺さったチョップで涙を浮かべたタナトスが喚《わめ》くが、それに対しリヴィアは冷たい視線を向ける。

「あの場所に行くまで不貞寝《ふてね》をしていて体力を温存していたのだから、貴方にはこれからある事をやって貰《もら》うわよ」

「な、なぁに？」

「料理をするのを手伝いなさい」

料理を作れとは言わないのか？

そのような疑問を抱いた事を察したらしく、リヴィアは苦々しい表情を浮かべながら答える。

「……タナトスにすべて丸投げしたら、どんな料理が出来上がるか分かったものじゃないから」

「なる」


ほど。


「それじゃあ、俺も手伝った方が良いか？」

「いいえ、お兄さんはいろいろあって疲れているでしょう？　お兄さんには普段からお世話になっているし、料理くらいは私達に任せて下さいな」

「それは、うん。ありがとう」

素直に頷《うなず》き、それから一緒にリビングに移動する。

そこからキッチンに消えた二人（リヴィアに引っ張られるタナトス）を確認した後、俺はソファの上で寝転がり天井を見上げた。

ただ買い物に出掛けただけだったのに、なんか戦闘が始まって。

結局すべてがラスボスの登場によってあやふやにされたが、一体全体アレはなんだったんだろう？

物凄《すご》い殺気をぶつけられて、俺も流れでルインと戦ってしまった訳だが、最後まで男が具体的にどのような目的で俺の事を襲ったのかは分からなかった。

どうやら俺の事を危険視しているのは間違いない。

だけど、彼にそのように思われるほど俺は危険な事をした覚えはない。

精々、職場に黙ってアルバイトをした事くらいだ。

「……」

ただの一般人がああいう明らかにボスキャラ然としている奴等《やつら》と関わるのは大変だ。

実際、彼は何か大義を掲げてラスボスに忠義を尽くしている訳だし、そして俺は毎日をただ過ごせれば良いと思っているような人間だ。

その時点でモチベーションが全然違う。

ただ明日を楽しく生きていれば良いと思っているのに対し、彼等はもっと先を見ている訳だから、考えが嚙《か》み合う筈《はず》もない。

つまるところ——

「王子様ー」


と、そこでタナトスがキッチンの方から歩いて来る。

あれ?

リヴィアの手伝いをしているのではなかったのだろうかと首を捻《ひね》った俺だったが、すぐにその答えは彼女本人の口から語られる事となる。

「戦力外通告を言い渡されました」
「ああ……」

無能判定を食らったらしい。

「お米って洗剤で洗っちゃダメなんですねー……」
「当たり前だ」
「やっぱり石鹸《せっけん》を使うべきだったのでしょうか」

そういう問題じゃねえよ。
俺は溜息《ためいき》を吐《つ》く。
原作に関わって、『ネオンライト』の世界を楽しみたいという気持ちは勿論《もちろん》ある。
だけど、それ以上にやはり今の日常を守る事も大切だ。
と、いうか。

「……」

俺は、スマホの待機画面を見る。

そこには、無数の不在着信とメールが届いていた事を告げるバナーが表示されていた。

「……」

俺はふっと笑い。

「……うん」

見なかった事にした。

……なお、流石《さすが》に数分後に掛かって来た電話は無視出来なかった。

あとがき

小説を読む時に、あるいは購入する時にまずあとがきから読むという方がいるという話を最近知りました。

個人的にはあとがきなんてものは小説のおまけ程度にしか思っていなかったので結構驚きましたし、そしてそれらは一体どういう事を意味しているのかというと、ここの文章でまずこの作品の第一印象を決定する人がいるという事です。

つまりかなり重要な場所な筈なのですが、しかしだからといってあとがきで重要な事を書ける筈もなく。

いやまあ、あとがきも作品の一部なので重要なのは間違いないのですが。

面白いあとがきというと某冬の通り雨な人を自分は思い出しますが、しかしそれをやって滑ると「どうして俺君が！」になってしまう事でしょう。

そもそも「どうして俺君が！」が通じる人、一体どれほどいるんでしょうかね？

ネットスラングというか黒歴史の一つというか、どちらにせよ結構昔の奴なので令和少年達には通じないでしょうし……

ちなみに、自分は世代じゃないのであくまで「俺君が！」ネタだけを知っているだけの人間で具体的な元ネタの詳細を知っている訳ではないので、悪しからず。

そもそもどうしてあとがきで10年以上昔らしいネタを話しているんだって話ですが、しかし最近は昔の作品のリメイクが流行っているようなので別に良い気もします。


一応この作品は自分が制作した一次創作の小説です。

一次創作ですが、いろいろな方々からの協力があって完成したモノでもあります。

編集様からはこの作品をより良いモノにするべく様々なアドバイスをいただきましたし、イラストレーター様からは作品を彩る素敵なイラストをいただきました。

それだけではなく、たくさんの方々からの協力があって初めて生み出された作品。

そしてその一番最後で伝わるかどうかも分からない昔のネタを披露している者こそ、わたくし音々でございます。

以上、物語には一切関係のないタイプのあとがきでした。

この作品に興味を持ち、手に取ってくださった貴方に、盛大な感謝を。

本当に、ありがとうございました。

音々《ねおん》

物語《ものがたり》に一切《いつさい》関係《かんけい》ないタイプの強《きよう》キャラに転生《てんせい》しました

著　音々《ねおん》

角川スニーカー文庫　24014
2024年2月1日　初版発行

発行者　山下直久
発　行　株式会社KADOKAWA
〒102-8177 東京都千代田区富士見2-13-3
電話　0570-002-301（ナビダイヤル）

印刷所　株式会社暁印刷
製本所　本間製本株式会社

Printed in Japan　ISBN 978-4-04-114590-6　C0193

★ご意見、ご感想をお送りください★
〒102-8177 東京都千代田区富士見2-13-3
株式会社KADOKAWA　角川スニーカー文庫編集部気付
「音々」先生「Genyaky」先生

角川文庫発刊に際して

角川源義

第二次世界大戦の敗北は、軍事力の敗北であった以上に、私たちの若い文化力の敗退であった。私たちの文化が戦争に対して如何に無力であり、単なるあだ花に過ぎなかったかを、私たちは身を以て体験し痛感した。西洋近代文化の摂取にとって、明治以後八十年の歳月は決して短かすぎたとは言えない。にもかかわらず、近代文化の伝統を確立し、自由な批判と柔軟な良識に富む文化層として自らを形成することに私たちは失敗して来た。そしてこれは、各層への文化の普及滲透を任務とする出版人の責任でもあった。

一九四五年以来、私たちは再び振出しに戻り、第一歩から踏み出すことを余儀なくされた。これは大きな不幸ではあるが、反面、これまでの混沌・未熟・歪曲の中にあった我が国の文化に秩序と確たる基礎を齎らすためには絶好の機会でもある。角川書店は、このような祖国の文化的危機にあたり、微力をも顧みず再建の礎石たるべき抱負と決意とをもって出発したが、ここに創立以来の念願を果すべく角川文庫を発刊する。これまで刊行されたあらゆる全集叢書文庫類の長所と短所とを検討し、古今東西の不朽の典籍を、良心的編集のもとに、廉価に、そして書架にふさわしい美本として、多くのひとびとに提供しようとする。しかし私たちは徒らに百科全書的な知識のジレッタントを作ることを目的とせず、あくまで祖国の文化に秩序と再建への道を示し、この文庫を角川書店の栄ある事業として、今後永久に継続発展せしめ、学芸と教養との殿堂として大成せんことを期したい。多くの読書子の愛情ある忠言と支持とによって、この希望と抱負とを完遂せしめられんことを願う。

一九四九年五月三日

このすば
暁なつめが描く、
もう一つの異世界コメディ！
暁なつめ
NATSUME AKATSUKI
ILLUSTRATION
カカオ・ランタン
KAKAO LANTHANUM
戦闘員、派遣します！
COMBATANTS WILL BE DISPATCHED!
特設サイトは
▼コチラ！▼
シリーズ好評発売中！
全世界の命運は――
悪の組織に託された!?
スニーカー文庫

すめらぎひよこ
illustration
Mika Pikazo
background painting
mocha
ep.1
魔王城、燃やしてみた
我が焔炎にひれ伏せ世界
12年ぶり「大賞」受賞作!
最強爆焔娘の異世界コメディ!
(あわよくば何か燃やしたい……)という欲求を抱いていたホムラは異世界へと招かれる──。燃やすことこそ大正義! 焼却処分はエクスタシー!! 圧倒的火力で世界を制圧していく残念美少女ホムラの行く末は!?
第27回
スニーカー大賞
大賞
スニーカー文庫
The Devil's Castle, Burning
By my flame the world bows down
スニーカー文庫

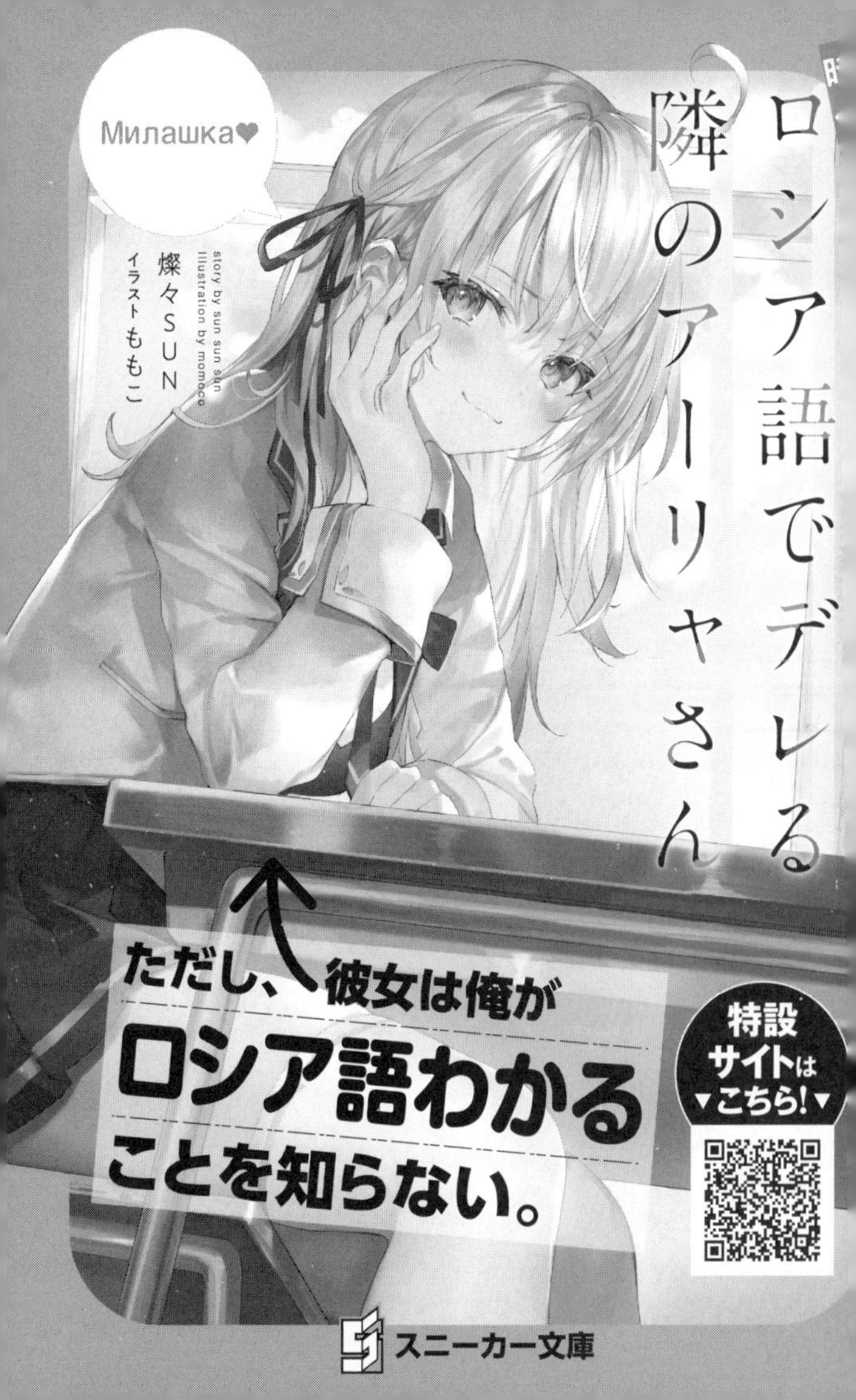
Милашка❤
ロシア語でデレる隣のアーリャさん
story by sun sun sun
illustration by momoco
燦々SUN
イラストももこ
ただし、彼女は俺が
ロシア語わかる
ことを知らない。
特設サイトは▼こちら!▼
スニーカー文庫

「私は脇役だからさ」と言って笑う
そんなキミが1番かわいい。
クラスで2番目に可愛い女の子と友だちになった
たかた [イラスト]日向あずり
第6回 カクヨムWeb小説コンテスト 特別賞 ラブコメ部門
「クラスで2番目に可愛い」と噂の朝凪さん。No.1人気の天海さんにも頼られるしっかり者の彼女は……金曜日の放課後だけ、俺の家に遊びに来る。本当は無邪気で甘えたがり。素顔で過ごす、二人だけの時間。
スニーカー文庫

真の仲間じゃないと勇者のパーティーを追い出されたので、辺境でスローライフすることにしました
Banished from the brave man's group, I decided to lead a slow life in the back country.
ざっぽん
illust.やすも
お姫様との幸せいっぱいな
辺境スローライフが開幕!!
WEB発超大型話題作、遂に文庫化!
コンテン
盛り沢山の
特設サイ
コチラ!
シリーズ好評発売中!
スニーカー文庫

世界最高の暗殺者、異世界貴族に転生する
The world's best assassin, To reincarnate in a different world aristocrat
月夜 涙
画 れい亜
"伝説の暗殺者"、異世界で無双
最強×無敵の
アサシンズ・ファンタジー――!
世界一の暗殺者が、暗殺貴族の長男に転生した。現代であらゆる暗殺を可能にした知識と経験、そして暗殺者一族の秘術と魔法。その全てが相乗効果をうみ、彼は史上並び立つ者がいない暗殺者へと成長していく!!
特設サイトは▼コチラ!▼
スニーカー文庫

黒雪ゆきは
Kuroyuki Yukiha
画｜魚デニム
Ill.Uodenim
極めて傲慢たる悪役貴族の所業
The Deeds of an Extremely Arrogant Villainous Noble
カクヨム
《異世界ファンタジー部門》
年間ランキング
第1位
悪役転生×最強無双――
その【圧倒的才能】で、
破滅エンドを回避せよ!
俺はファンタジー小説の悪役貴族・ルークに転生したらしい。怪物的才能に溺れ破滅する、やられ役の“運命”を避けるため――俺は努力をした。しかしたったそれだけの改変が、どこまでも物語を狂わせていく!!
スニーカー文庫

きみの紡ぐ物語で
世界を変えよう。
第30回
スニーカー大賞
作品募集中!
大賞 300万円
+コミカライズ確約
金賞 100万円
銀賞 50万円
特別賞 10万円
締切必達!
前期締切
2024年3月末日
後期締切
2024年9月末日
詳細は
ザスニWEBへ
https://kdq.jp/s-award
イラスト/カカオ・ランタン